Mon acrobate

Cécile Pivot

Mon acrobate

CALMANN LÉVY
ÉDITEUR DEPUIS 1836

© Calmann-Lévy, 2022

Couverture
Conception graphique : olo.éditions
Illustration : Yoyo Zhao, *Rose Garden*, 2014,
collection privée/© Yoyo Zhao.
Tous droits réservés, 2022/Bridgeman Images

ISBN 978-2-7021-8467-7

À mes amies, Sophie, Katja et Isabelle.

C'était nous que nous voulions,
nous avant la mort de Matthew,
et, ces gens-là, rien de ce que nous ferions
pendant le restant de nos jours
ne les ramènerait jamais.
Siri Hustvedt, *Tout ce que j'aimais*
(Actes Sud).

JE T'ATTENDS, FIGURE-TOI

Étienne prit soin de faire ses valises en ma présence. Il espérait que je change d'avis. J'aurais pu dire « je ne veux pas que tu partes » ou « ne me laisse pas seule » pour qu'il décide de rester. Un geste, ma main dans la sienne ou mes lèvres sur sa peau, aurait suffi. Nous n'avions pas besoin de mots pour nous comprendre. Mais je le regardai rassembler ses affaires sans la moindre réaction. Je trouvais qu'il tardait à partir. Puis un matin, il fut prêt.

« Tu devrais quitter cet appartement, Izia, tu n'iras pas mieux tant que tu resteras ici », me dit-il pour la millième fois. Il attendait l'ascenseur, les bras chargés. Partir impliquait de vider la chambre de Zoé. Mettre ses jouets, ses vêtements, ses livres, ses cahiers dans des cartons, jeter ses affaires inutiles, abîmées dans des sacs-poubelle. La vie de Zoé au rebut. Je m'y refusais et il le savait. Sa chambre, c'est tout ce qui me restait d'elle.

Son timbre de voix était plus rauque que d'habitude, son élocution plus lente, signe qu'il s'efforçait de maîtriser ses émotions. Je ne répondis pas.

Étienne ne se considérait plus ici chez lui. « Notre appartement » était devenu « cet appartement ». Je le soupçonnais de l'exécrer. « Je te donnerai des nouvelles quand je serai installé. » Il ne me quittait pas des yeux. « Parce que je t'attends, figure-toi. » Il devait vouloir

me prendre par les épaules, me secouer pour que je réagisse. À sa place, je n'aurais pas résisté. Je regardais la lumière rouge qui clignotait, les yeux rivés sur la porte de l'ascenseur qui montait lentement, je me concentrais sur le ronronnement du moteur et des poulies qui grinçaient.
 Il pleurait. Il détourna la tête. Cette expression, « figure-toi », ne lui ressemblait pas. Elle avait quelque chose de naïf. Je visualisai un enfant la proférant, debout, les bras croisés, fixant ses pieds d'un air buté.
 L'ascenseur était là. Étienne ouvrit la porte et disparut à l'intérieur sans me jeter un regard. Il était facile de deviner ses gestes. Étienne, les bras encombrés, poussant la porte vitrée du rez-de-chaussée d'un coup d'épaule, traversant le hall, utilisant son coude à l'horizontale pour appuyer sur le bouton « porte » qui émettait une courte sonnerie, tirant la poignée de ses deux doigts libres, majeur et index. Le bruit des voitures et les voix des passants provenant de la rue s'engouffrèrent dans le hall, remontèrent la cage d'escalier. Puis il y eut le son mat et bref émis par la clenche lorsque la porte se referma. Et le silence.
 Je rentrai chez moi et refermai la porte d'entrée avec les mêmes gestes précautionneux que lorsque je quittais notre chambre, la nuit, sur la pointe des pieds, parce que je n'arrivais plus à dormir.
 J'avais peur qu'Étienne change d'avis et remonte. J'attendis. Il était parti.
 Il ne serait plus là pour me forcer à me lever, me sortir des vêtements propres, me faire à manger, poser sa main sur la mienne, me faire couler un bain, veiller sur mes insomnies et mes sommeils agités, me sortir

Mon acrobate

de ma léthargie, me rappeler un rendez-vous chez le médecin, répondre au téléphone à ma place. Pour s'occuper de moi, qui étais devenue une masse inerte et docile. Combien de fois fis-je semblant de dormir quand il venait s'asseoir à mes côtés pour me parler, à la recherche d'un peu de tendresse ? Mais je ne pouvais rien pour lui.

La mort de Zoé occasionna des défaites dans nos vies à tous les deux. Nous avions en commun celle de notre couple. Je ne lui parlais plus. C'était venu peu à peu, sans que je m'en rende compte. Davantage de lucidité n'aurait rien changé à cette situation. J'abandonnai en chemin notre langage intime, ces gestes, mots et attentions que je n'adressais qu'à lui. Je le regardais sans le voir. Je le touchais sans le reconnaître. Je voulais qu'il s'en aille. Il finit par céder. Zoé était morte depuis quatorze mois.

LA CHAMBRE

Étienne parti, je pouvais entrer dans la chambre de Zoé à ma guise. Il n'était plus là pour m'en dissuader. Je passais sous la douche, revêtais mon peignoir et rejoignais sa chambre. Pour ne pas laisser mon odeur dans la pièce, la garder inaltérée le plus longtemps possible, j'utilisais un savon sans parfum pour mon corps, une lessive sans odeur pour mes vêtements, avant de me coucher sur son lit, de m'asseoir sur la chaise de son bureau ou par terre. Il n'y aurait plus personne pour me porter, endormie, jusqu'à notre lit.

Mon acrobate

La collection des *Magnifiques*, dont je suis l'autrice et l'illustratrice, était rangée sur les étagères, au-dessus du lit de Zoé. Si j'ai écrit des livres pour enfants, c'est grâce à ma fille. Avant sa naissance, j'étais graphiste free-lance pour des agences de communication et des maisons d'édition. Mes revenus étaient modestes, irréguliers. En devenant mère, j'ai renoncé à toute ambition professionnelle. J'étais devenue l'une de ces femmes que je méprisais étant plus jeune, qui travaillaient à la carte, acceptaient des jobs quand ils leur plaisaient seulement. J'avoue que cette situation me convenait. Je continuais de peindre pour moi de grands tableaux où je déroulais mes obsessions. Étienne voulait que j'expose, je refusais, mes toiles ne me satisfaisaient pas. Il aimait particulièrement ma série *Violences*, un triptyque dont je n'ai conservé que le premier élément. Je voulais que celui ou celle qui regarderait ce tableau se mette dans la peau d'un voyeur, dans une pièce vide plongée dans le noir, épiant par la fenêtre les habitants de l'immeuble d'en face, une bâtisse en briques rouges de huit étages, avec trois appartements par palier, certains inhabités, d'autres révélant des scènes banales de la vie quotidienne : un homme penché sur l'évier d'une cuisine au premier étage, un couple, le nez rivé chacun sur son portable, affalé dans le canapé du salon, un autre, au troisième étage, qui avait l'air de s'ennuyer et regardait par la fenêtre, une jeune fille qui montait l'escalier de l'immeuble, un petit garçon en pyjama assis sur son lit et sa mère dans la cuisine, au septième à gauche, des jeunes qui discutaient assis par terre, autour d'une table basse jonchée d'assiettes, de canettes de bière et de restes de pizza et, dans l'appartement le plus à droite, une télé allumée dans une chambre, éclairant faiblement le fond de la pièce où une femme, plaquée contre un mur, tentait de repousser les assauts d'un homme vu de dos.

Pour ma série *Jour et Nuit*, j'avais peint deux fois le même endroit, le jour et la nuit, sur la même toile : une station essence, une station de métro parisien, une laverie automatique et un bistrot. Mais j'avais triché, il y avait un infime décalage entre les deux, une perspective différente. Sommes-nous certains que la nuit est plus inquiétante que le jour ? était la question que je souhaitais poser à travers ces tableaux.

À deux ans, Zoé se mit à converser avec les animaux, les arbres, les plantes, mais aussi les objets et les meubles. Dans son monde, tout ou presque était vivant. La petite cuillère qui appréciait de prendre sa douche dans le lave-vaisselle, le crayon à papier qu'il fallait tailler avec délicatesse pour qu'il n'ait pas mal, la statue qui aurait aimé être débarrassée des crottes de pigeon, ses mitaines qu'elle avait égarées et qui devaient se sentir seules, le savon, à utiliser jusqu'au bout du bout pour qu'il ait une longue vie, ses peluches, qu'elle prenait soin de ne pas ranger les unes sur les autres, mais les unes à côté des autres, pour qu'elles puissent respirer et se sentir à l'aise. Elle nous soutenait qu'elle entrait en communication avec certains objets. Je l'entends encore me chuchoter à l'oreille que « tu vois maman, dans cette pièce, les meubles ne me parlent pas » ou que « le bureau, là, il me dit quelque chose ».

Pour Zoé, il ne faisait aucun doute que les objets inanimés nous observaient et ne perdaient pas un mot de nos conversations. Je la surpris plus d'une

Mon acrobate

fois, immobile, fixant un point, quand je ne remarquais, moi, rien de particulier. Lorsqu'elle foulait une pelouse, c'était parce qu'elle n'avait pu faire autrement. Alors, si on ne la regardait pas, elle marchait vite en se poussant sur la pointe des pieds. En écrasant l'herbe, on tuait des insectes sous nos semelles, se lamentait-elle. Je me souviens de sa crise de larmes quand il fallut abattre deux platanes malades dans notre rue. Avec Zoé, la vie n'était pas simple, mais drôle et étrange. Son hypersensibilité m'inquiétait, je ne peux pas dire le contraire. Comment ferait-elle plus tard, quand elle verrait des vidéos de scènes de guerre, d'animaux que l'on maltraite, ou serait informée de faits divers sordides ?

Son père et moi décidâmes d'accepter ses lubies et de la laisser grandir, libre de ce qu'elle croyait. Son originalité n'entravait pas son quotidien, ne l'envahissait pas, et Zoé comprit d'elle-même qu'il était préférable de taire aux autres le rapport particulier qu'elle entretenait avec le monde. Pour le premier livre des *Magnifiques*, je fis parler le chien en peluche d'une petite fille, Julie, trop gâtée, qui le négligeait, lorsqu'elle ne s'amusait pas à le piétiner ou lui parler mal, si bien qu'un jour, n'en pouvant plus, il décidait de s'enfuir. D'autres suivirent. L'histoire préférée de Zoé mettait en scène un marronnier, dans une cour d'école parisienne, auquel personne ne prêtait attention. Les enfants lui balançaient des coups de pied ou arrachaient son écorce quand ils s'ennuyaient. Un petit garçon, Gaspard, rejeté par les autres, faisait exception. L'arbre était devenu son confident pendant les récréations. Une amitié unique les liait.

Mon acrobate

Il suffisait que je parle de mon idée à Zoé pour que son imagination déborde et m'inspire une nouvelle histoire. Pour elle, ce que ressentait ce nouveau Magnifique, qui venait de naître de notre conversation, ne faisait aucun doute. Elle se mettait à sa place avec une facilité déconcertante. Le marronnier magnifique ? « Il parle avec ses feuilles, et son tronc fait des frissons, tu comprends ? » m'expliqua-t-elle. Les *Magnifiques* connurent un certain succès.

Elle ne voyait en revanche aucun signe de vie dans les poupées, qu'elle détestait.

Avec les années, elle prit avec les objets une certaine distance. Disons qu'elle n'affichait plus de manière aussi ouverte son rapport avec eux et à la nature. Mais il n'avait pas pour autant disparu. Je le constatais à sa façon de ranger ses affaires, de les caresser, d'en recouvrir certaines, d'en cacher d'autres, de peur que son père ou moi ne les jetions. Ses questions montraient qu'elle avait encore du mal à distinguer ce qui était vivant de ce qui ne l'était pas. Personne n'aurait convaincu Zoé que le ciel n'était pas un homme âgé doté d'un caractère impétueux, la planète une femme puissante, la mer une jeune fille intrépide et les montagnes des hommes dans la force de l'âge.

LES SŒURS

Enfant, je croyais que, comme elles, toutes les sœurs s'adoraient. Hélène, ma mère, était aussi réservée et discrète qu'étaient volubiles et extravagantes Juliette

Mon acrobate

et Anne, ses cadettes. Hélène aimait l'opéra, Juliette le cinéma, Anne l'art contemporain. Hélène arrondissait les angles, Juliette pouvait bouder plusieurs jours d'affilée, Anne disait volontiers ce qu'elle pensait. Hélène et Juliette couchaient avec des hommes, Anne avec des femmes. Elles étaient très soudées, malgré leurs dissemblances.

Les trois sœurs habitaient à Paris. Ma mère et moi dans le 18e, un trois-pièces rue Caulaincourt, avec une minuscule terrasse qui donnait sur les toits. Nous passions avec mes tantes la plus grande partie de nos vacances dans notre maison de famille, en Ardèche, à Balazuc, un village perché sur une falaise, considéré comme l'un des plus beaux de France. La bâtisse en pierre d'un étage était imposante. Elle aurait mérité des travaux de rénovation, qu'aucune des sœurs n'avait les moyens d'assumer. Dans le fond, je crois que nous l'aimions ainsi, avec ses fissures, ses pièces trop chaudes ou trop fraîches, ses volets à la peinture écaillée, sa chaudière cyclothymique, ses petites fuites, ses fusibles qui sautaient quand le grille-pain et le four fonctionnaient en même temps. Choyée, couvée, j'étais leur fille à toutes les trois. Ni Anne ni Juliette n'eurent d'enfants. Elles me considéraient comme la leur. Grâce à elles, j'eus une enfance très heureuse. Je dormais chez l'une ou l'autre une fois par semaine, au moins, quand ma fleuriste de mère partait s'approvisionner à Rungis au milieu de la nuit. Si j'ai été admirable en une chose, c'est, étant donné l'éducation que j'ai reçue, de ne pas être devenue caractérielle et capricieuse, accoutumée que j'étais à être le centre de toutes les attentions.

Mon acrobate

Chez nous, les hommes ne faisaient que passer. Entre l'hostilité et le mépris que leur témoignaient les sœurs, je ne sais lequel des deux l'emportait, pas plus que je ne connais l'origine de leur aversion. Je pense qu'elles m'ont caché des choses.
Mes parents étaient déjà séparés quand mon père apprit la grossesse de ma mère. Il avait tenté de revenir, mais elle ne lui avait pas laissé le moindre espoir. Il ne fallait pas se fier à la douceur qui émanait d'Hélène, à sa voix qui berçait et à sa bouche en cœur. Quand elle prenait quelqu'un en grippe, ou mettait un homme à la porte, elle devenait redoutable. « Un serpent », disait ma tante Juliette. « Une hyène », renchérissait ma tante Anne.
Mon père fit sa carrière dans les télécoms. Après ma naissance, il s'installa à Berlin, où il se maria avec Ingrid, une femme douce et discrète. Je n'ai jamais compris ce qu'elle faisait dans la vie, si elle était ingénieure, directrice de projet, scientifique... sinon qu'elle travaillait pour l'industrie pharmaceutique. Je leur rendais visite une ou deux fois l'an. Je ne peux pas dire que nous ayons été proches. Mon père était un homme gentil mais un peu spécial. Il donnait l'impression de ne pas être tout à fait avec les gens, se tenait à distance de ses émotions comme de celles des autres. J'avais du mal à le cerner et le trouvais souvent ennuyeux.
J'étais une élève moyenne qui ne faisait pas de vagues, douée pour le dessin et ayant des facilités pour apprendre les langues. Tout ce que je voulais, c'était qu'on me laisse dessiner en paix. Je suppose que des années plus tard, lorsque mes camarades regardaient les photos de classe, aucun ne se souvenait de mon

Mon acrobate

prénom, seulement de « la fille qui ne parlait presque pas et passait son temps un carnet à la main ».

À l'instar de la majorité des petites filles, je trouvais ma mère très belle. La mienne l'était vraiment. Hélène aurait inspiré Botticelli. Je grandis avec cette réalité qu'elle était très séduisante, qui surgissait des paroles, des gestes et du regard des proches, des étrangers aussi. Dans la rue, on se retournait sur son passage. J'étais jolie, mais ma mère, c'était autre chose. Quel âge avais-je quand une amie me demanda ce que ça faisait « d'avoir une mère aussi belle » ? J'aurais pu être jalouse ou complexée, à l'adolescence surtout, car elle m'avait eue jeune, à vingt-deux ans. Ce ne fut pas le cas. C'est ce qu'elle voulait, un enfant, le plus tôt possible, de préférence une fille, sans homme à la maison. J'avais seize ans, elle en avait trente-huit. Elle était resplendissante.

« C'est bien », répondis-je, flattée, à mon amie, en riant.

Des hommes entraient dans sa boutique non pour lui acheter des fleurs, mais pour faire connaissance. Ils avaient bien plus de chances de repartir avec un bouquet qu'avec son numéro de téléphone. Elle détestait se faire draguer. Elle en éprouvait une grande gêne. « Je ne me suis jamais habituée, confia-t-elle un jour à une amie, il n'y a rien à faire, cela me met mal à l'aise, et peu importe le bonhomme. »

Elle eut des histoires d'amour. Mais c'était elle qui choisissait les hommes qui lui plaisaient.

Mon acrobate

DOUTER JUSTE

Je lus Étienne avant de le rencontrer. La maison d'édition qui allait publier l'essai d'Étienne Bouillote, *Douter juste*, me contacta pour m'en confier l'illustration de couverture. Mes dessins sur les Dix Commandements que m'avait demandés un hebdomadaire pour ses séries d'été leur avaient plu. Je pensais que d'autres missions suivraient, mais je les comptais sur les doigts d'une main. Heureusement, les sœurs m'aidaient financièrement. À l'échelle de ma petite personne, je savais ce que signifiait douter de soi.

Jusqu'à ce que je fasse la connaissance d'Étienne, l'amour tenait une place infime dans ma vie, sans que cela me perturbe le moins du monde, pas même une petite inquiétude du genre « est-ce normal de ne pas tomber amoureuse et de ne pas en ressentir le besoin ? ». Mon premier flirt, à seize ans, fut bref et pitoyable. Les suivants tout aussi oubliables. Je leur préférais les cafés en fin de journée, les soirées et les expositions. Je goûtais bien davantage la sensualité de *Jupiter et Io* du Corrège, le lyrisme empreint de romantisme des *Ombres de Francesca et Paolo* d'Ary Scheffer, la nervosité de *L'Étreinte* d'Egon Schiele, le mystère des *Amants* de Magritte que ce que me disaient mes amis de leurs histoires d'amour, qui me faisait bâiller d'ennui. Il y eut bien Frédéric, lorsque j'étais aux Beaux-Arts, qui compta un peu plus que les autres. Certaines de mes copines enviaient ma légèreté, quand d'autres s'en exaspéraient. J'avais la réputation, non usurpée, d'être une fille facile, qui ne faisait pas d'histoires pour coucher avec les garçons. « Tu devrais essayer les filles », me suggéra ma tante Anne. J'essayai. Sans succès.

Étienne Bouillote était en pleine écriture. L'éditeur m'envoya le sommaire et deux chapitres terminés. Il y était question de Descartes et de nos certitudes, que, selon lui, nous devions en permanence remettre en cause. Apprendre à penser contre soi. Un autre texte était consacré aux artistes. Il suggérait qu'ils ont un point commun : tous alternent entre le doute et l'estime de soi, et c'est ce balancement qui engendre l'acte créateur.

Je proposai deux couvertures. Sur la première, je dessinai un homme, la quarantaine, assis derrière son bureau, la tête légèrement inclinée, les coudes posés sur les accoudoirs de sa chaise, ses mains aux doigts croisés cachant le bas de son visage. Derrière lui, les étagères de sa bibliothèque étaient vides, tous ses ouvrages par terre. Sur son bureau, son ordinateur était fermé et son portable éteint. Sur la seconde, qui mélangeait dessin et collage, je repris *Le Penseur* de Rodin, ajoutant des traits aux couleurs saturées sur son torse et ses jambes. À ses pieds aussi, quelques livres traînaient ainsi qu'un cadran solaire, une boussole, un sablier. Derrière lui, on voyait un bassin vide et des arbres nus. Étienne Bouillote et son éditeur préférèrent la première, plus contemporaine.

Mon acrobate

QUE TU DISPARAISSES

Je reçus son livre par la poste, avec cette dédicace : « À Izia, qui a su donner des formes et des couleurs au doute. » Une carte postale l'accompagnait, dont le dessin représentait un phare juché sur un quai au-dessus de la mer et dont la lanterne était posée sur une pile de livres. Il avait écrit : « Pour vous remercier, j'aimerais vous inviter à déjeuner. Dites-moi oui. » Il avait joint son numéro de téléphone. Quelques jours plus tard, je le rappelai. Notre conversation fut brève. Il me donna rendez-vous au restaurant Le Square Trousseau, que je ne connaissais pas, et me dit qu'il avait hâte de faire ma connaissance.

Il m'attendait, une pile de journaux posée sur la table. C'était un habitué du restaurant. Les premières conversations entre deux inconnus sont souvent ponctuées de maladresses, de silences, d'interrogations, de malentendus, d'hésitations. Étienne et moi en fûmes exemptés. Tout de suite, nous sûmes quoi nous dire et comment nous le dire.

Yeux bleu-gris, lunettes rondes, cheveux frisés plus bruns que sur les photos que j'avais vues de lui sur Internet, sourcils fournis, bouche aux lèvres minces, peau mate, je trouvai Étienne Bouillote séduisant et élégant. Il portait un col roulé noir et une veste beige en velours côtelé, un jean noir, des boots noires. De lui, tout me plaisait, même son nom de famille, Bouillote, tout droit sorti d'une BD ou d'un film de Jean-Pierre Jeunet. Il commença par me faire le compte rendu drôlissime et percutant de ce qu'il avait lu dans les journaux ce matin-là. J'étais venue après mon cours de barre au sol, n'avais pas eu le temps de repasser chez moi, et nous parlâmes après sa revue de presse de nos pratiques sportives respectives. Il faisait de la boxe depuis qu'il avait quinze ans, d'abord par nécessité, pour apprendre à se défendre, plus tard avec passion. Le côté sombre d'Étienne apparaissait au détour d'une phrase ou d'un regard. Je m'en aperçus lorsqu'il précisa « par nécessité ». Je n'essayai pas de savoir ce qui se cachait derrière ces mots.

L'une des grandes qualités d'Étienne était sa capacité d'écoute. Ses yeux plongés dans les miens, il me semblait que rien au monde ne pourrait le distraire de ce que je lui disais. C'en était presque gênant. Lorsque je m'en fis la remarque, ce jour-là, je le soupçonnai d'agir ainsi dans le but de me séduire. Mais c'était sa façon d'être, avec tout le monde.

Étienne voulait avoir l'air sûr de lui, ce qui aurait dû vite m'agacer. Ce ne fut pas le cas. Derrière cette façade se cachaient une fragilité et une profonde gentillesse. À la Sorbonne, son cours de philosophie politique et éthique s'adressait à des élèves de master. Il était devenu professeur pour gagner sa vie. Aujourd'hui, m'avoua-t-il en riant, il adorait enseigner. Il rédigeait des articles pour des revues spécialisées en sciences humaines que je ne connaissais pas. Après le café, il me proposa de poursuivre notre conversation en marchant, dans le vent glacial et sous un ciel gris, juste avant que ne tombent sur Paris de lourds flocons de neige, qui métamorphosèrent les rues en une heure à peine. Nous nous arrêtions dans des cafés pour nous réchauffer, puis repartions au hasard. Paris était sa ville natale, il y avait grandi et y était attaché autant que moi. Nous n'aurions pas voulu vivre ailleurs. Nous parlâmes de tout et de rien, de Rembrandt, Bonnard et Nicolas de Staël, de son coup de foudre pour la philosophie quand il était adolescent, de viennoiseries, de George W. Bush, qui venait d'être élu président des États-Unis, de Tchernobyl, dont le réacteur nucléaire était définitivement fermé, de Vittorio Gassman, l'un de ses acteurs préférés, mort quelques mois auparavant. Nous traversâmes plusieurs fois la Seine. Il annula son rendez-vous de l'après-midi. En début de soirée, nous fîmes une longue halte au bar Le Fumoir, pour y boire et y manger. Il était tard quand il me laissa en bas de mon immeuble, rue au Maire, et me serra dans ses bras pour me dire au revoir. Il ne chercha pas à m'embrasser, même sur la joue. Puis il tourna les talons et partit vite. J'étais vexée. Paris était tout blanc.

Je ne fis qu'un passage éclair dans mon studio. J'étais trop excitée pour tenir en place. Je marchais vite et sans but, mais j'aurais voulu danser, courir. Derrière mon écharpe, je riais. C'était donc ça, tomber amoureuse ? Ce délice vertigineux ? Ce cataclysme furieux ?

Il sonna à ma porte le lendemain, à l'aube. J'étais certaine que c'était lui. J'ouvris et il me serra de nouveau dans ses bras. Il était essoufflé : « J'ai eu peur d'avoir rêvé cette journée avec toi, ou que tu disparaisses », me dit-il. J'avais vingt-cinq ans, lui dix de plus. Après ma rencontre avec Étienne, ma vision de l'amour changea du tout au tout. Je n'imaginais plus d'autres mains que les siennes sur mon corps.

Les mois passèrent. Plus je découvrais Étienne, plus je l'aimais. La philosophie le nourrissait, lui insufflait l'élan nécessaire pour se lever tôt le matin, se mettre à la tâche, lire, écrire, rejoindre ses élèves, courir dans une librairie ou à la bibliothèque. Elle était à l'origine de son envie de savoir, de ses interrogations et de son immense capacité de travail. Quoi qu'il lui arrive, en bien ou en mal, pensais-je, cet esprit curieux aura la philosophie au cœur de son existence. Elle le construisait, donnait un sens à sa vie. La philosophie, une force inaltérable qui, lorsqu'il travaillait ou lisait, lui faisait oublier le reste, les autres, ses obligations et ses rendez-vous, si personne ne les lui rappelait. Comment parvenait-il à se détacher de tout ce qui l'entourait à ce point-là ? me demandais-je.

Nous fûmes très heureux ensemble.

UN MERCREDI

Nous ne voulions pas savoir si c'était un garçon ou une fille. Nous chercherions un prénom quand il ou elle serait là. J'étais certaine que c'était un garçon. « C'est une fille », me répondait Étienne, imperturbable, quand je m'évertuais à le convaincre. Il avait grandi auprès d'un père indifférent et de deux frères aînés dont il était le souffre-douleur. Ils lui faisaient payer le départ de leur mère, quelques mois après sa naissance. Elle ne chercha pas à avoir la garde de ses garçons. Elle s'installa seule dans un deux-pièces, du côté de Denfert-Rochereau. Elle voyait peu ses fils et assumait son nouveau choix de vie. Les enfants habitaient avec leur père, dentiste, dans un grand appartement haussmannien. Ils ne manquaient de rien, sauf d'affection et d'éducation. Chez les Bouillote, rue de Passy, les nounous et baby-sitters furent nombreuses. Leur mère déficiente y était un sujet tabou.

Étienne coupa les ponts avec sa famille dès qu'il le put. Je savais dans quelle terre ingrate ses peurs et ses silences avaient pris racine.

Notre fille est née à Paris le 2 juillet 2009 à 15 heures, un mercredi. Déjà si brune, si présente et si précieuse. « Zoé, tu aimes ? » demandai-je à Étienne, dès que je l'eus dans mes bras. Ce prénom léger et joyeux, qui se mariait avec allégresse à son nom de famille, Bouillote, était arrivé en douce avec elle. « Zoé, Zoé, ravissante petite Zoé... », murmurait Étienne. Les trois sœurs attendaient en bas, au café, depuis des heures. « On peut vous le dire, maintenant, Étienne, si cela avait été un garçon, nous aurions été contentes, bien entendu, nous l'aurions aimé, mais une fille, c'est quand même autre chose. » En rentrant chez nous, il chercha l'origine de son prénom. Le lendemain, de retour à la clinique il m'annonça, l'air victorieux : « C'est un dérivé de "vivre", en grec, ça signifie la vie, l'existence. »

Zoé Bouillote... Je l'imaginais gaie, facétieuse, singulière. Elle fut tout cela.

Zoé avait trois ans, environ, lorsque nous nous posâmes la question d'un deuxième enfant. Le sujet fut vite clos. Nous n'en avions pas envie. Zoé nous comblait. Et puis Étienne et moi étions convaincus qu'on était trop nombreux sur Terre – la perspective de dix milliards d'êtres humains en 2050 nous effrayait. Avec un autre enfant, nous serions allés contre nos principes. Notre fille ne voyait pas les choses en ces termes et nous réclamait un petit frère. Nous n'avons pas cédé, mais culpabilisions, parfois. Quand elle voulait inviter une copine à la maison ou dormir chez l'une d'elles, nous ne disions jamais non. Zoé ne goûtait guère la solitude. On prétend que les enfants uniques jouent bien tout seuls. Pas elle. À cinq ans, elle demanda à partir en colonie, y retourna les trois années suivantes. Nous la voyions, plus tard, en cheffe de bande, déléguée de classe, au premier rang de manifestations, organisatrice de fêtes, menant son petit monde par le bout du nez.

À Pâques, Zoé fut conviée, pour la deuxième année consécutive, à passer des vacances à V***, dans la résidence secondaire de Guy et Julia, les parents de son amie Chloé, près de Lyon. Nous avions fait connaissance et sympathisé par l'intermédiaire de nos filles, qui étaient dans la même école. Cette invitation nous arrangeait. Étienne avait du retard dans l'écriture de son manuscrit et manquait de temps pour préparer des conférences qu'il devait donner bientôt à l'université de Marseille. J'aurais pu partir avec Zoé dans notre maison à Balazuc ou ailleurs, mais je ne l'ai pas fait. Plus tard, trop tard, je passerais au crible, sans me lasser, les nombreuses éventualités qui auraient accordé la vie sauve à ma fille. Comme celle-ci : si Étienne avait eu moins de travail, tout cela ne serait pas arrivé. Je radotais, en vain. Pour me faire du mal. Mourir ou vivre, la différence tenait parfois à une coïncidence minuscule, une fraction de seconde en plus ou en moins, un oui lancé avec désinvolture, un mètre de trop, un avion plutôt qu'un train, un au revoir plutôt qu'un adieu. Passer au crible tout ce qui aurait pu être, aurait dû être, me fascinait. J'en voulais à Étienne, je m'en voulais. Tricoter et détricoter le passé me faisait mal, à la manière d'un poison cheminant à l'intérieur de mon corps pour en prendre possession. Il s'attaquait à mes fonctions vitales, me laissait pantelante, abrutie de chagrin. À force de serrer les dents pour ne pas hurler, l'intérieur de mes joues était en sang.

PARCE QUE TU ÉTAIS LÀ

Lorsqu'ils appelèrent Étienne, j'étais en train d'arroser les plantes sur le balcon. Dans l'air planait une menace, une chaleur lourde d'avant l'orage, inhabituelle au mois d'avril à Paris. Mais peut-être ai-je inventé tout cela *a posteriori* et n'ai-je en fait rien ressenti de particulier sur le moment. Je me souviens qu'à la radio passait une chanson de Dominique A, je chantonnais : « Tu n'as jamais aimé le hasard/ Tout est écrit et ça te déplaisait/ Que je t'aie abordé parce que ça n'allait pas/ Que je me sois tourné vers toi juste/ Parce que tu étais là. » Brusquement, je perçus un silence inhabituel.

Je penchai la tête et aperçus Étienne dans son bureau, à l'autre bout du couloir, assis dans une position inhabituelle. Il était dos à son ordinateur. Il regardait un point fixe, loin devant lui. Il tenait le téléphone dans ses deux mains, serrées entre ses genoux. Je m'avançai vers lui. Il tourna la tête. Il ne me quittait

Mon acrobate

pas des yeux. Je crois que je lui souriais. Il se leva de sa chaise en prenant appui sur les accoudoirs, puis il tomba, tentant de se retenir à son bureau. C'est là que j'ai su. Que plus rien ne serait comme avant, même si je ne savais pas encore pourquoi. Je ne pensais pas à Zoé, je ne *voulais pas* penser à Zoé. Étienne tenta de parler. Ses propos étaient désordonnés, ses phrases incompréhensibles. Ou bien est-ce moi qui ne retins que ces mots-là, « Zoé, Lyon, voiture, homme au volant, morte sur le coup ». Je hurlai, m'effondrai moi aussi.

Plus tard, je me demandai si les médecins avaient pour consigne d'annoncer la mort d'un enfant au père plutôt qu'à la mère. S'ils recevaient une formation, suivaient un protocole. S'il y avait des mots interdits, des formulations conseillées. S'ils tiraient à pile ou face pour déterminer celui d'entre eux qui appellerait les parents. Il y eut tellement de questions, que je ne posai jamais à Étienne. Quelle fut sa première réaction ? S'était-il retenu de hurler pour ne pas m'effrayer ? Ou avait-il gardé le silence ? Avait-il demandé à son interlocuteur de répéter, exigé des détails ?

TANDIS QU'ELLE T'EMPORTE

Je ne me rappelle pas les jours qui suivirent la mort de Zoé, ou si peu. Il ne me reste que des images en noir et blanc aux contours flous, au grain grossier, les mêmes que mes cauchemars. Étienne roulait très vite. Il n'y avait personne sur l'A6. Les heures qui nous séparaient de Lyon étaient interminables, chaque kilomètre comptait triple. Je parlais sans interruption. Je délirais. Je ne voulais pas laisser de place à la réalité, à l'effroyable réalité. « Le médecin a pu se tromper », « ça doit arriver ce genre d'erreurs, on le lirait dans un roman eh bien on n'y croirait pas », « tu as probablement mal interprété ce que le médecin t'a dit », « c'est normal, j'ai lu que ça arrive quand on est sous le choc ou qu'on a peur », « Zoé est blessée, pas morte », « qu'est-ce qu'il t'a dit au téléphone, oh et puis non, ne me dis rien, puisque tu n'as pas tout compris », « c'est une monstrueuse erreur, la preuve, les parents de Chloé ne répondent pas, ils sont sur messagerie, s'il y avait eu quelque chose, ils nous auraient appelés... ». J'avais basculé dans un état que je ne connaissais pas, que je ne maîtrisais pas. Une prodigieuse souffrance, physique et psychique, s'était emparée de chacune de mes cellules. Étienne n'a rien dit de tout le voyage. Enfin, je crois.

À l'hôpital Édouard-Herriot, Étienne se présenta à l'accueil. Je me tenais quelques mètres en retrait. Un médecin vint tout de suite à notre rencontre. Je ne parlais plus. Je voulais m'en aller, après avoir été si impatiente d'arriver. Il nous invita à le suivre. Nous marchions derrière lui, dans des couloirs sans fin.

Je pris peur en comprenant que la pièce où il nous avait conduits était dédiée à l'accueil des familles. Les yeux bleus de ce médecin, derrière ses lunettes, me parurent glacials. Ses cheveux châtains, coupés très court, ajoutaient à son austérité. Il m'invita à m'asseoir, je refusai. Je collai mes mains contre ma poitrine quand il voulut les prendre dans les siennes, détournai la tête quand il chercha mon regard. Zoé était morte sur le coup, nous annonça-t-il. Lorsqu'ils étaient arrivés sur les lieux de l'accident, les pompiers n'avaient rien pu faire. Étienne posa des questions, je ne me souviens plus lesquelles.

Le médecin me demanda si je voulais la voir, je n'étais pas obligée. « Vous ne pouvez pas savoir si c'est elle, cela doit bien arriver que vous vous trompiez, elle n'a pas de pièce d'identité sur elle », murmurai-je. Je sentais le regard d'Étienne peser sur moi. Nous traversâmes de nouveau des couloirs, une cour arborée, prîmes un ascenseur. On me parlait, mais je n'entendais pas. Mes oreilles bourdonnaient, ma bouche était sèche, mes mains tremblaient.

Le médecin poussa une lourde porte, qui donnait sur une salle froide comme le métal. Un autre médecin nous attendait. Il s'avança vers nous et nous salua. Je revois sa blouse blanche, son pantalon en toile gris, ses sabots bleu marine. Je ne voulais pas regarder autour de lui, je restai les yeux fixés sur ses chaussures. Je me concentrai sur nos respirations à tous. Puis je relevai la tête. Je me tournai sur la droite et vis la civière. Sur elle, le corps d'un enfant, recouvert d'un drap blanc. Je sentais la présence d'Étienne à côté de moi. Il soufflait, bruyamment. Je gémissais, suppliais, « non s'il vous plaît arrêtez, je vous en prie arrêtez... ». J'allais me réveiller de cet épouvantable rêve. L'un des médecins me demanda si je voulais sortir. Je refusai. Celui aux sabots bleus souleva le drap. C'était bien elle, c'était Zoé, le teint grisâtre, les bras le long du corps, le buste légèrement désaxé, un bandage recouvrant l'arrière de son crâne. Zoé qui, des taches bleuâtres sous les yeux, sur les poignets, n'avait plus d'âge. Zoé qui n'était plus Zoé. La peau de ses avant-bras était brûlée, celle de sa joue droite éraflée. Je voulais voir ses yeux. Qui avait fermé ses paupières ? Les avait-on collées pour qu'elles tiennent ainsi ? Il fallait que je m'allonge à côté d'elle pour la réchauffer. Sentir ma fille près de moi. En moi. La reprendre à l'intérieur de moi pour la protéger. L'avaler pour qu'elle ait chaud. Ne plus faire qu'une avec elle. Le médecin me repoussa doucement. « Elle est morte, Izia, elle est morte », répétait Étienne, en larmes. Était-ce une raison pour m'interdire de m'allonger auprès d'elle ? Je hurlai, je grelottai. Je me pliai en deux pour ne pas m'effondrer. Je voulais qu'on me laisse seule avec elle, entrer avec ma fille dans le frigo mortuaire. Mourir de froid en la tenant dans mes bras. Aujourd'hui encore je le dis, je le pense, il fallait m'enfermer et me laisser mourir de froid à ses côtés.

Plus tard, une infirmière m'administra un calmant. J'ai encore en tête son sourire.

« Morte sur le coup. » La phrase est inscrite dans ma chair. Elle était censée nous soulager. En quelque sorte, c'était un lot de consolation. On ne réfléchit pas au sens de cette expression, on ne se pose pas les bonnes questions avant d'y être directement confronté. Sur le coup de quoi ? Quand elle a été soulevée par la voiture ? Quand son crâne a cogné contre le panneau STOP ? Quand elle a heurté le sol ? Quand elle a entendu la sirène des pompiers ? Combien de secondes, de minutes, dans la plus terrible des solitudes, dans l'épouvante et l'incompréhension, avant de mourir, donc, sur le coup ?

Le soir même, ma mère nous rejoignit à Lyon.

« Il faut des vêtements pour Zoé », dit-elle. Je ressens encore toute l'horreur de cette phrase. « Un simple drap blanc suffira, et qu'on ne me dise pas que c'est impossible », répondis-je avec rage. « Nous ferons ce que tu veux, Izia », murmura Étienne. Je pleurais, je criais. Ma mère essuyait la morve qui coulait sur mon visage. Non, c'était faux, on ne faisait pas ce que je voulais. La preuve, je n'avais pas eu le droit de m'allonger auprès d'elle. Ce cérémonial ne nous laissait aucune liberté. Je voulais que ma fille repose en face de la maison familiale, en haut de la colline que nous gravissions tous les trois pour admirer le coucher de soleil. Son corps dans un drap, sans cercueil, à même la terre. En avions-nous le droit ? Non.

Mes tantes Anne et Juliette apportèrent le pantalon blanc de Zoé, sa chemise orange, ses sandales blanches. Elles me demandèrent si cela me convenait. Rien ne me convenait mais j'acquiesçai. Pour elles.

Étienne choisit seul le cercueil. Je quittai le magasin quand le vendeur me demanda mon avis sur le bois. « Je t'attends dehors. » Je n'étais pas mieux dans la rue. Tout était insoutenable, les passants, leurs conversations, le bruit… Cette vie qui suivait son cours m'était odieuse. Je me retournai pour observer Étienne, à travers la vitre. Il remplissait un chèque. Étienne, qui ne l'avait jamais sur lui, avait pensé à prendre son chéquier. Il avait eu assez de présence d'esprit pour en anticiper le besoin. Il réfléchissait au côté pratique du drame. Cela me semblait incroyable, scandaleux.

Il fit vite. Il sélectionna un chêne blanc, des poignées en corde de la même couleur, des capitons et un oreiller en coton blanc cassé, trois cents grammes, pas de rubans, pas de volants, pas de poche dans le capiton. Je refusais que l'on glisse un message, un dessin ou un objet à l'intérieur. Je disais non à tout, non, non et encore non.

Je me souviens du trajet dans le corbillard, de Lyon à Balazuc, du visage d'Étienne, méconnaissable, boursouflé par la douleur et que je trouvais laid. La cérémonie eut lieu dans une vaste salle aux murs épais et au plafond orné de poutres, située sur la place principale du village, celui de nos plus belles vacances. Quand je repense à cette journée, je ne me vois pas, ce n'était pas moi. J'étais l'ombre de moi-même. Je fis tout pour ne pas y participer, pour m'en extraire. Étienne me soutint, me traîna, me porta jusqu'à la tombe de Zoé. Elle reposait à côté de ma grand-mère, morte dix ans auparavant. Ma mère garda ma main dans la sienne tout du long et je pensai à celle de Zoé au creux de la mienne.

Lorsque son cercueil fut descendu dans la terre ignoble, je levai la tête et me concentrai sur le ciel. J'aimais le peindre ainsi, d'un bleu intense, traversé par de gros nuages joufflus qui filaient vite. C'était une journée belle et obscène. Regarder ma fille se faire engloutir ainsi était au-dessus de mes forces. Je ne pleurai pas. Je ne croyais pas à ce que j'étais en train de vivre.

Étienne insista pour que nous jetions ensemble nos roses blanches. J'aurais dû me boucher les oreilles, pour ne pas entendre ces bruits qui me firent horreur et me hantèrent par la suite : les grincements pendant la descente du cercueil, celui qu'il fit en touchant le sol, le cliquetis des cordes détachées des poignées, le « ploc », atroce et doux, des fleurs qui atterrissent sur le bois, l'une après l'autre. Si j'avais regardé, avais été plus courageuse, ces bruits ne m'obséderaient peut-être plus aujourd'hui. Ils se vengent de ma lâcheté. C'est ce que je me suis dit ensuite.

    Les calmants, que je consommais à haute dose, fragilisèrent ma mémoire, l'enfermèrent dans une gaze de coton aux vertus anesthésiantes. Depuis, je la considère comme une entité autonome, qui n'obéit qu'à son bon vouloir. Mes souvenirs sont pleins de trous noirs et de questions. J'aurais su ce que je voulais en demandant à Étienne, en reconstituant avec lui la mort de Zoé, de l'accident à l'enterrement, minute après minute. Mais je ne le fis pas. De nouvelles images surgissaient, de manière sporadique, dont je ne savais quoi penser. Étaient-elles réelles ou le fruit de mon imagination ? Elles m'encombraient et me captivaient. Des mois après, je me rappellerais par exemple que Victor, le professeur de gymnastique de Zoé, était présent à la cérémonie, assis dans le fond. Il portait un costume bleu marine et une cravate. C'est un inconnu croisé dans la rue et habillé de manière similaire qui a fait remonter ce souvenir à la surface.

    Certains détails sont restés gravés. Pourquoi ceux-là plus que d'autres ? Les très belles guirlandes de fleurs et de feuillage qui ornaient les murs de la salle – l'œuvre de mes tantes – en font partie. La chemise noire froissée d'Étienne. Les mains tremblantes de Juliette. L'extrême pâleur de ma mère. À l'entrée, une grande photo de Zoé était posée sur un chevalet. Elle datait de son dernier été à Balazuc. Elle tenait un chaton tigré dans les bras, celui de la voisine, et appuyait sa tête contre celle de l'animal. Tous deux regardaient l'objectif. Zoé souriait, sa frange était trop longue, comme souvent. La chanson *Tandis qu'elle t'emporte*, du *Château dans le ciel*, ce film de Miyazaki que Zoé aimait tant envahit la pièce. Y eut-il d'autres morceaux ? Quelqu'un prit-il la parole ? Étions-nous nombreux, très nombreux ? Y avait-il des enfants de sa classe ? De son cours de gym ?

Quelques jours après notre retour, Étienne et moi errions dans l'appartement, sans savoir quoi faire de nous, pauvres fous enragés. C'est à ce moment que nous vint l'idée de graver sur la tombe de Zoé Bouillote, en petit, les trois adjectifs qui la définissaient le mieux, selon son père : « Malicieuse. Curieuse. Merveilleuse. » Pourquoi n'y avions-nous pas pensé avant ? À peine rentrés, nous repartions à Balazuc en voiture, pour surveiller le graveur. Nous aurions pu nous éviter le déplacement et lui demander une photo du travail terminé, mais nous ne parvenions pas à affronter la réalité, que Zoé n'allait pas rentrer dans quelques jours, que c'était elle sous la dalle, dans le cimetière, que c'était ça, notre vie aujourd'hui, nous deux chez nous, à Paris, mais sans Zoé. Sous la pierre, sous les fleurs blanches déjà fanées, je pensais à ce corps qui se décomposait, le corps de ma fille. Que je n'avais pas su protéger.

L'ACCIDENT

François Descampier déjeunait avec deux amis d'enfance au Relais de la Tour, une adresse réputée dans la région. La salle était éclairée par une nouvelle baie vitrée qui donnait sur le parc et un bassin. Il choisit le menu, avec entrée et plat.

Mon acrobate

Avant de migrer vers la terrasse pour le café et le digestif, un double pour lui, deux des convives éclusèrent deux bouteilles de côtes-du-rhône. Le troisième était à l'eau.

Dans le rapport de police, ses amis confirmèrent que depuis quelques mois, François Descampier buvait trop. À cause d'ennuis professionnels, suggéraient-ils. Il allait devoir déposer prochainement le bilan de son imprimerie.

Il quitta le restaurant aux alentours de 15 heures, au volant de sa voiture, une C4 gris métallisé, avec 3,40 g d'alcool dans le sang. Il roula 4,3 km avant d'arriver à l'entrée du village de V***, barrée par un feu tricolore. Il était rouge lorsque François Descampier y parvint. Il marqua l'arrêt, cala avant de redémarrer, emprunta la rue principale, en descente dans ce sens-là. Sa voiture ballottait de droite à gauche, empiéta franchement sur le trottoir étroit et prit de la vitesse. En premier lieu, il fracassa la vitrine du fleuriste en la heurtant sur plusieurs mètres, avant de passer à la boulangerie. Le côté droit de sa voiture était salement éraflé, ce qui ne l'empêcha pas de poursuivre sa route. Jusqu'à la boucherie.

Un peu plus bas sur ce même trottoir, dans un léger renfoncement, Zoé, huit ans, regardait les gens passer tout en faisant des exercices d'assouplissement, comme chaque fois qu'elle n'avait rien à faire d'autre que patienter, debout sur la pointe des pieds, épaules basses et orteils au sol, genou gauche remonté sur la poitrine, puis genou droit, j'inspire, j'expire, pieds flex, pieds tendus… Une femme qui descendait la rue la remarqua. Elle précisait, c'était noté dans le rapport, qu'elle avait « souri, car cette petite fille avait l'air très concentrée, dans son monde, et se fichait qu'on la regarde ». Pour moi, ce n'est pas un détail. Je sais ce que faisait Zoé durant les dernières minutes de sa vie. Cela ne me dit pas, hélas, à quoi elle pensait. J'aurais tant aimé le savoir.

Zoé n'entrait pas dans les boucheries. Ce refus remontait au jour où elle m'avait demandé, pointant du doigt une côte de bœuf : « C'est quoi ça, exactement ? » Elle avait découvert à cinq ans le potentiel du mot « exactement », qui, depuis qu'elle prenait soin de l'ajouter à chacune de ses questions, obligeait les adultes à des réponses bien plus précises.

Chloé, son amie, l'avait quittée quelques minutes auparavant pour demander à sa mère, qui attendait à l'intérieur qu'on lui prépare sa viande, si elles pourraient passer ensuite chez le marchand de journaux, quand la voiture de François Descampier fut là, fauchant Zoé, la projetant contre le pare-brise pour la recracher quelques mètres plus loin, sa tête percutant un STOP de plein fouet.

L'homme roula encore une cinquantaine de mètres et s'arrêta net, au beau milieu de la chaussée. Indemne. Pendant quelques secondes, le temps sembla s'être arrêté dans tout le village. On n'entendait plus que le bruit du moteur de la voiture de François Descampier. Puis sa portière s'ouvrit et on le vit sortir de l'habitacle, tituber, revenir sur ses pas et regarder le corps de Zoé, étendu un peu plus loin. Il chercha son portable dans la poche de sa veste pour, dit-il, appeler les secours, mais ne le trouva pas. Les policiers le récupérèrent sous son siège, il devait

Mon acrobate

être tombé lorsqu'il avait perdu le contrôle. François Descampier vomit, se coucha en position fœtale au bord de la route, tournant le dos à Zoé, et y resta prostré jusqu'à l'arrivée des pompiers. Que ce ne soit pas lui qui ait appelé les secours n'a pas d'importance. Il était encore dans sa voiture quand la boulangère avait composé le 18.

Lorsque nous nous promenions, Zoé adorait lire à haute voix les inscriptions et les tags sur les murs, les enseignes de magasins, les panneaux de signalisation, les publicités… Pendant trente secondes, nous devions enchaîner les mots, n'importe lesquels, que nous trouvions sur notre passage sans faire de pause et tout en marchant. Celle de nous deux qui marquait un silence parce qu'elle se trouvait à court de mots avant le temps imparti avait perdu. Des phrases absurdes fusaient, poétiques et souvent drôles, comme celle-ci, que j'ai gardée en mémoire : « Depuis 1977 – Traversez en deux temps – L'amour court les rues – Jauge : 10 personnes – Elle le quitte il la tue – Issue de secours – Stop – Payant prenez un ticket – Attention danger – La Liberté – Frites à volonté – J'ai faim, merci – Besoin d'aide ? Une question ? – Tout abus sera puni. »

Zoé a-t-elle eu le temps de lire le mot STOP sur le panneau qui l'a tuée ?

Les semaines qui ont suivi sa mort, la rage et l'envie de savoir m'ont tenue debout. Je menais l'enquête comme s'il y avait une énigme à résoudre et que la solution doive me rendre Zoé ou que la reconstitution du drame puisse me donner accès aux ultimes secondes de son existence, à ses dernières

Mon acrobate

pensées. Je fis le trajet jusqu'à la boucherie Nivert. Je voulais savoir où se tenait précisément Zoé, ce qu'elle avait vu, entendu. Découvrir le visage du chauffard, aussi. Je bataillai jusqu'à connaître le moindre détail. Imaginer le bruit, soudain, assourdissant, des roues qui crissent, du verre brisé, de la carrosserie qui racle les murs et brise les vitrines. Les cris de frayeur des quelques passants dans la rue, à cette heure-là. « Cela s'est passé si vite, on n'a pas eu le temps de comprendre ce qui arrivait », maugréa un homme, avant de s'éclipser. A-t-elle eu peur ? A-t-elle souffert ? M'a-t-elle appelée à l'aide ? A-t-elle pensé à moi, à son père ? A-t-elle...

Mme Nivert était assise derrière sa caisse. « Je suis la mère de la petite fille qui a eu un accident, j'ai besoin de vous parler, que vous me montriez où elle attendait dehors, *exactement*. »

J'aurais dû lui dire « Je suis la mère de la petite fille qui est morte », mais je ne parvenais pas à intégrer cette réalité-là, ce qu'elle avait de définitif. La bouchère se mit à pleurer. « Je suis désolée, s'excusa-t-elle. Il n'y a pas une nuit où je n'en fais pas des cauchemars, vous savez. » Ce n'est pas ce que je voulais entendre. Bientôt, cette femme retrouverait des nuits plus calmes, les jours lui apporteraient l'oubli. J'avais envie de la pendre à l'un de ses crocs de boucher. Elle m'accompagna à l'extérieur, pour me montrer un léger renfoncement, à droite de la porte. Une chaîne en barrait désormais l'accès. Elle la souleva pour que nous puissions y accéder. Comment ma fille se tenait-elle ? lui demandai-je. De quel côté son visage était-il tourné ? Elle n'en savait rien, les enfants attendaient souvent là,

Mon acrobate

elle ne prêtait plus attention à eux. Je devinai qu'elle avait peur du procès que je pourrais lui intenter. Je ne sais pourquoi elle crut bon de préciser que c'était là aussi qu'on attachait les chiens. Je me baissai jusqu'à être à la hauteur de Zoé et regardai la route. Je me représentai la C4 grise fonçant vers elle, occupant tout le trottoir. Elle avait eu le temps de la voir arriver, sans aucun moyen de lui échapper quand la voiture était brusquement partie sur la droite après avoir dépassé l'entrée de la boucherie.

Je marchai jusqu'au panneau STOP flambant neuf. Deux bouquets de fleurs étaient accrochés sur le poteau. L'accident avait eu lieu en face de l'épicerie, le dernier magasin du village. Je demandai à l'épicière où Zoé avait atterri. Je posai mes mains sur le béton, à l'endroit qu'elle m'indiqua. Savait-elle de quel côté était tourné son visage, si ses yeux étaient ouverts ou fermés ? Elle était certaine que son visage regardait vers la droite mais pour les yeux, elle n'avait aucun souvenir. Je crois qu'elle me mentait et se souvenait très bien.

Je restai de longues minutes couchée dans la même position que Zoé. Sa dernière vision du monde était sans intérêt, morne et grise, des vaches broutaient au loin. Je me fichais de ce que pensaient les passants. J'aurais volontiers brûlé au napalm le village de V***.

La boulangère me confirma que François Descampier tenait à peine debout, puis qu'il s'était penché pour vomir. Et que lorsque le médecin du village était arrivé sur les lieux, en même temps que les pompiers, Zoé n'était déjà plus consciente. J'appelai le médecin. Il me fit la même réponse. J'obtins sans difficultés (ou si peu) des renseignements sur le meurtrier de ma fille. Il avait quarante-sept ans, mesurait un mètre soixante-dix-huit, les yeux marron, les cheveux châtains, une calvitie naissante, un visage avenant, trois enfants. Sa présence monstrueuse ne me quittait pas. Elle me donnait la nausée, me faisait saigner à force de me griffer les bras et les mains en pensant à ce qu'il avait fait.

Son adresse en poche, je me garai près de chez lui et attendis dans ma voiture. J'attendais quoi ? Je ne le sais pas. C'était un quartier résidentiel et sans intérêt. Sa maison, un bloc de béton blanc. Derrière les rideaux, j'observai sa femme marcher d'un pas rapide entre le salon et la cuisine, il me semblait qu'elle était au téléphone. Les gens entraient et sortaient des pavillons alentour. Puis, de loin, je vis un garçon se diriger vers l'allée. Il rentrait du collège. Je sus immédiatement que c'était son fils. Il passa le portail.

Je pourrais revenir demain, attendre son retour, démarrer et foncer sur lui. J'envisageai le plus sérieusement du monde cette éventualité, tuer un enfant. Cela dura quelques minutes. Zoé, elle, n'aurait jamais son âge. C'était donc ça, la haine, cette irrépressible vague de colère aveugle qui vous dévore et vous abîme. Cette obsession qui vous bouffe de l'intérieur, que l'autre paie, d'une façon ou d'une autre, peu importe. Qu'il crève de sa souffrance.

Ce que j'appris de François Descampier ne me soulagea pas. L'histoire était sordide et tenait en quelques mots, quelques lignes, dans la presse du coin, sur un type ivre qui, au volant de sa voiture, tue une petite fille sur la route. Une enquête était ouverte.

Mon acrobate

Je cachai à Étienne mes recherches et mon voyage à V***. Il n'aurait pas compris, aurait jugé ma quête malsaine, à juste titre.

Contrairement à lui, je n'en voulais pas à Julia, la mère de Chloé. J'avais constaté sur place que le renfoncement où se tenait Zoé, devant la porte de la boucherie, n'avait *a priori* rien de dangereux. Il donnait sur la boutique et une simple baie vitrée l'en séparait. Étienne se refusait à l'admettre. Nous aurions fait de même avec notre fille ou une amie à elle si elle nous avait demandé d'attendre à l'extérieur, lui rétorquai-je. D'ailleurs, combien de fois Zoé avait-elle patienté dehors alors que l'un de nous faisait une course en vitesse ? Étions-nous pour autant inconséquents ? La colère exacerbait sa mauvaise foi.

Pour ne pas sombrer, Étienne se fixa des objectifs : plonger davantage dans le travail et me soutenir du mieux possible. Il me parlait comme si j'étais malade, faisait preuve d'une patience infinie, veillait sur moi jour et nuit. J'aurais dû lui en être reconnaissante. Ce fut le contraire. Il m'exaspérait. Sa main posée sur ma cuisse ou ma joue me faisait frémir.

Une fois que je le sus entre les mains de la justice, je me désintéressai de François Descampier. Il fut condamné à trois ans d'emprisonnement, dont un avec sursis, pour homicide involontaire et conduite en état d'ivresse. Je ne pensais rien de la légèreté de sa peine. Ou plutôt, pour ne pas basculer dans la folie, m'empêchais d'y penser.

La haine féroce qui me portait me quitta un beau matin. Je la regrettai. Je n'avais plus rien à quoi me raccrocher. Je décidai de me coucher.

Mon acrobate

Je ne pouvais me faire à l'idée que la Terre continuait de tourner, moi de respirer, alors que Zoé était morte. Ce lit devint le réceptacle de ma douleur, semblable à un îlot, loin du tumulte des hommes. Ma tanière jonchée de miettes, aux draps d'un blanc douteux, à force, imprégnés de l'odeur de ma sueur et ma saleté, qui m'accueillait, moi et mes boîtes de Lexomil, de Xanax, d'Imovane, d'Atarax, de Zopicline, mes vêtements en boule, mes cendriers, mes cendres, mes paquets de cigarettes, mes briquets, mes kleenex, mes masques pour les yeux, mon oreiller imprégné de morve, de larmes et de salive. Sans me faire le moindre reproche, Étienne lavait mes cendriers et mes vêtements, rangeait ma table de nuit et se couchait près de moi. Un soir, je lui demandai de ne plus se donner cette peine et d'aller dormir dans le salon.

AVANT QUE TU DEVIENNES QUELQU'UN D'AUTRE

Dans l'une de ses lettres, Étienne me confia qu'après avoir reçu l'appel de l'hôpital il était resté prostré sur sa chaise. « Je ne pensais qu'à toi, au moment où il me faudrait te l'annoncer. Pour ne pas hurler, pour ne pas me taper la tête contre les murs, il fallait que je me concentre sur toi. Je pouvais faire comme si je ne savais pas que tu étais là. T'accorder quelques minutes de sursis tant que tu serais hors de ma vue. Maîtriser le temps, *ton* temps, et laisser l'innommable en suspens. C'était une sensation à la fois épouvantable et monstrueuse : tu continuais de vivre comme si de rien n'était, tandis que j'avais basculé en enfer. Tu étais ignorante et heureuse. Mon amour, mon innocente. Puis je t'ai entendue. Ton pied s'est posé sur la latte abîmée, tu sais, juste après la salle de bains, que nous nous promettions de faire réparer, qui nous stressait quand Zoé, bébé, venait de s'endormir et que nous marchions dessus par inadvertance. Alors, j'ai su que tu venais. Je t'ai regardée marcher et j'ai pensé que c'était la toute dernière fois que je te voyais ainsi, avant que tu deviennes *quelqu'un d'autre*. Tu m'as souri, l'air étonnée. Je me suis levé. Je voulais te serrer, ou plutôt t'enfermer, dans mes bras pendant que je te parlerais. Mais je me suis effondré et c'était fini. Je n'ai pas été à la hauteur. »

C'EST BIEN COMME ÇA

Les tiroirs d'Étienne restèrent vides après son départ. J'y tenais. Rien ne pouvait les combler. Ils évoquaient pour moi le bonheur perdu.

Le chagrin épuise. Pleurer sans discontinuer, pleurer comme on respire. Jour et nuit, la fatigue était en moi, ne me lâchait pas. Dormir n'y faisait rien. J'avais des courbatures, des crampes et vomissais si souvent que je n'y prêtais plus attention. J'avais de l'eczéma, pour la première fois de ma vie. Je me grattais la peau jusqu'au sang. Je ne me soignais pas. La douleur physique me procurait une forme de soulagement, un bien-être éphémère. Pur concentré de masochisme. Je voulais que mon corps me présente la note. Mourir, je n'y suis pas arrivée.

Mon acrobate

Lire me demandait un effort démesuré. Regarder la télé était insupportable. Dessiner, je n'en étais plus capable. Dormir, pleurer et m'approvisionner chez Picard tous les jeudis, c'est à ce rythme que défilaient les semaines. J'achetais des soupes et des purées, ce qu'il y avait de plus simple à avaler et à rendre. Les morceaux me dégoûtaient.

Les jours passaient. Je répondais de moins en moins au téléphone. Je voyais les noms s'afficher sur mon écran, de mes amis, qui avaient pour la plupart des enfants de l'âge de Zoé. Pourquoi Zoé ? me demandais-je quand je pensais à eux. Ma mère et mes tantes s'invitaient chez moi, sans me laisser le choix. Si elles n'avaient pas été là, peut-être, à force de négliger mon corps, serais-je parvenue à m'éteindre, à petit feu. Les sœurs, qui chérissaient Zoé. J'avais retrouvé dans l'amour qu'elles portaient à Zoé celui qui avait bercé mon enfance. Pour elles, sans l'ombre d'un doute, Zoé était la huitième merveille du monde, un enchantement de tous les instants. Sa naissance leur avait donné un nouvel élan alors qu'elles traversaient la cinquantaine. Parfois, je râlais. Elles lui passaient tout, rien n'était trop beau pour Zoé. « C'est bien comme ça », me disait Étienne.

Alors que j'apprenais à ma fille à reproduire avec un crayon et des couleurs les émotions du visage, elle construisait avec Anne, l'architecte, des maisons en Lego en forme de dragon. Mais ce que préférait Zoé, c'était imaginer des labyrinthes. Avec les années, ils devinrent de plus en plus étudiés et complexes. Nous l'avions emmenée voir le labyrinthe géant de Guéret, mais elle fut déçue. Elle les aimait plus que tout en dessin. Et les dessiner. Dans ma chambre, à Balazuc, sur la porte de l'armoire, est collé celui qu'elle m'offrit pour la dernière fête des Mères. Dans des tons pastel bleus et verts, elle nous a représentés, son père et moi, chacun d'un côté du labyrinthe. L'illustration parfaite de ce qu'est notre couple aujourd'hui. Devant la sortie, est écrit : « Je t'aime, bonne fête maman. »

Juliette est première d'atelier tailleur chez Dior. Avec elle, Zoé allait au marché Saint-Pierre, choisissait des tissus et confectionnait des robes, des jupes et des peluches sensationnelles. Elle façonna pour son père un « bermuda patchwork » qu'il arborait avec fierté dès les premiers beaux jours. Il étonnait et faisait rire tous ceux qui connaissaient Étienne et son goût pour les vêtements sobres, coupe classique et couleurs sombres. À Balazuc, Zoé passait une partie de ses matinées avec ma mère dans le potager et la roseraie. Elle qu'attristaient les fleurs coupées était heureuse de voir celles de sa grand-mère enracinées. Elle soutenait que, contrairement à celles des fleuristes, ici, les fleurs lui parlaient. Hélène écoutait attentivement sa petite-fille communiquer avec ses roses. Elle ne mit jamais sa parole et ses croyances en doute. Tôt le matin, je les entendais chuchoter toutes les deux dans la cuisine. J'adorais les regarder déambuler depuis la fenêtre de ma chambre, leur arrosoir à la main, accoutrées de manière improbable, chemise de nuit blanche à dentelles, écharpe autour du cou, chaussées de bottes en caoutchouc kaki. Puis je me recouchais.

Zoé était le cœur d'une rivalité sous-jacente entre les trois sœurs. Elles nous faisaient rire, Étienne et moi. Si l'une passait la journée avec notre fille, elle

Mon acrobate

ne manquait pas, une fois rentrée, d'appeler les deux autres pour la leur raconter dans le détail.

Après l'enterrement, j'ai pleuré sur elles et leurs existences détruites. Je les aimais tellement, ces trois femmes. Mon désespoir n'avait pas tout englouti. Au milieu du désastre, j'étais encore capable de compassion.

ÉTIENNE

Parfois, je pensais que je me tenais au bord de la folie. Un pas de plus et... Izia qui me croyait fort, indestructible, parce que j'ai la philosophie dans ma vie. « Philosopher, c'est apprendre à mourir », a écrit Montaigne. Alors je n'avais rien appris. J'étais fâché avec la vie, fâché avec la mort.

Je voulais que Zoé continue de vivre à travers nos souvenirs, nos anecdotes. Comment lui rendre hommage, sinon en l'évoquant, sa mère et moi ? J'ai essayé. Pas souvent. Je me suis senti pitoyable. Mes phrases sonnaient faux, mon enthousiasme était artificiel. J'en faisais trop ou pas assez. Comment se comporter ? Comment aider l'être aimé quand on tente soi-même de survivre ? C'était impossible pour Izia d'entendre parler de sa fille sans ressentir une intolérable souffrance.

C'est pourquoi, assez vite, je me suis tu. Je pense que j'ai eu tort, comme sur le reste. J'aurais dû secouer Izia, ne pas lui laisser le choix, l'emmener en week-end, en voyage, déménager, la traîner dans un groupe de parole, mais je l'ai bordée, j'ai veillé sur son sommeil, fermé les volets de la chambre, pensé à renouveler les ordonnances, fait à manger, enjoint aux amis de lui foutre la paix, comme elle le souhaitait.

Je ne voulais pas partir, mais j'ai fini par céder. Izia m'a eu, à l'usure. À force de suppliques, de menaces.

Mon acrobate

Sans moi, elle irait mieux, me disait-elle, il fallait nous quitter avant de nous haïr, nous ne parvenions plus à vivre ensemble, plaidait-elle. Je ne lisais rien dans son regard. Il me traversait. « Izia, c'est moi ! Je suis là ! » avais-je envie de lui crier. Quand j'ai quitté Paris, j'étais en vrac mais soulagé d'un poids : je n'aurais pas à retourner dans l'appartement. Sans Zoé, la chambre de Zoé n'était rien. Nul besoin de cette pièce sans âme pour me souvenir. Ma fille m'accompagne là où je suis. Je lui écris tous les matins, comme d'autres se recueillent sur les tombes. Elle sera là, présence indestructible, quand il n'y aura plus rien, le temps de mon dernier souffle venu.

Je n'étais pas mort mais je n'existais plus.

CORPS

Devant moi, les sœurs retenaient leurs larmes. Depuis la mort de Zoé, elles passaient de nombreuses soirées toutes les trois. Je les voyais comme si j'y étais. Elles regardaient leurs albums de photos, invoquaient leurs souvenirs avec « la petite », pleuraient et riaient tout à la fois sur ses dessins, ses poèmes. Elles maudissaient François Descampier, et ses enfants, et ses petits-enfants, sur sept générations au moins, deux ans, ce n'est pas cher payé, quelle honte, cette justice. Elles se saoulaient doucement mais sûrement au morgon et quelle importance puisque Zoé n'était plus là. Enfin, il était temps de rentrer chacune chez soi, mais un cafard monstre leur en ôtait l'envie. Alors, elles installaient des lits de fortune et dormaient l'une à côté de l'autre. Elles ne se quittaient quasiment pas. Plusieurs fois, sous le coup d'une impulsion, je faillis les rejoindre, me blottir contre elles, jouir de leur tendresse. Mais ma présence aurait contrarié leur rituel et leur intimité. Lorsque, chez nous, Étienne enleva des murs les photos de Zoé, elles en conçurent du chagrin. Pour me préserver, elles auraient pu, en toute hâte, cacher chez l'une ou l'autre tout ce qui rappelait Zoé. Et ça, je ne le voulais pas.

Après le départ d'Étienne, elles redoublèrent d'inquiétude. J'étais redevenue leur petite fille, celle qu'Hélène, Anne et Juliette choyaient autrefois, pour qui elles s'affolaient au moindre prétexte. Je leur mentais. Oui, j'avais mangé, oui, je m'étais lavée, oui, j'étais sortie ce matin... Je jetais les plats qu'elles me préparaient. Ma place dans la famille avait changé, mon statut également. Je n'étais plus mère, je n'étais plus une enfant. Qu'étais-je ?

J'attendais que mon corps renonce. Il était une entité à part qui s'était détachée de moi mais dont je dépendais, dotée des pleins pouvoirs. Je ne mangeais presque pas, je buvais très peu, dans l'espoir qu'il se détériore et me lâche. Je me doutais que ce serait long.

J'étais en colère contre la vie et contre les hommes. Je voulais retourner des années en arrière. Ne pas avoir connu Étienne. Que Zoé ne soit pas née. Je posais ma tête sur les genoux de Juliette, elle me caressait les cheveux, me faisait la lecture à voix haute. Seule, je ne savais plus lire. Je sautais des lignes, les mots étaient flous, je m'ennuyais, revenais à Zoé, encore et encore Zoé, je reposais le livre. Juliette me lisait des nouvelles. Ian McEwan, Raphaël Haroche. Et Raymond Carver. Dans *Les Vitamines du bonheur*, *Une petite douceur* raconte l'histoire de Scotty, renversé par une voiture le jour de ses huit ans. Ma tante a lu la première page et m'a dit « il vaut mieux qu'on choisisse autre chose ». Je lui demandai de poursuivre. « Il avait les yeux clos, mais ses jambes s'agitaient, comme s'il croyait escalader quelque chose. » Les jambes de Zoé s'étaient-elles agitées juste avant qu'elle meure ? Je n'y avais pas pensé, jusqu'ici. N'étais-je pas semblable au père de Scotty, qui « jusqu'alors avait été épargné par le malheur, par ces forces dont il connaissait l'existence et qui pouvaient diminuer ou abattre un homme si la malchance frappait ou si le vent tournait soudain » ? Alors que son fils vient de mourir, l'un

Mon acrobate

des premiers gestes du père, en rentrant chez lui, est de ramasser les affaires de son enfant qui traînent dans le salon. Mais il abandonne et s'assoit à côté de sa femme, dans le canapé. Étienne a tout rangé, jusqu'à la plus petite barrette. Sans ça, nous serions devenus fous. « Mon fils est mort, dit-elle d'un ton froid, définitif. » Prononcée par la mère dans la nouvelle de Carver, cette phrase me plaisait. Je la lisais à haute voix, en tentant d'adopter moi aussi un ton froid et définitif. J'aurais été incapable de dire à quiconque « ma fille est morte ».

J'ai quelquefois surpris ma mère devant la chambre de sa petite-fille, effleurant le bois de la porte, la main sur la poignée, hésitant à entrer. Elle renonçait. Heureusement, car je m'y serais opposée. Il m'aurait fallu lui expliquer que je faisais tout pour préserver les odeurs de la pièce, que je ne voulais rien déplacer, que chaque objet devait rester à sa place. Elle aurait désapprouvé. Elle aussi pensait que j'aurais dû déménager.

Étienne parti, je craignais que les sœurs se laissent aller à des propos du genre « Les hommes, tous pareils », « On est mieux sans eux », « Il fallait bien que ça arrive »… Les mêmes que j'avais entendus pendant mon enfance et mon adolescence. Mais elles le tenaient en trop haute estime pour réagir de cette façon. Elles étaient tristes et inquiètes pour nous deux, c'était tout.

ET NOUS AVANÇONS, NON ?

Il y a un avant et un après. L'avant s'est achevé à la mort de Zoé. Quarante-deux ans durant, j'ai été inscrite dans le cours de ma vie, un jour après l'autre, qui composait une continuité à la fois unique et banale. La somme d'une existence, plus ou moins longue, plus ou moins réussie. L'après lui ressemblait en tout point. La preuve, la Terre continuait de tourner, j'étais vivante et en me regardant dans le miroir, je voyais bien que c'était moi. J'avais pourtant été projetée dans un univers parallèle. Au détail près, il était comme le monde d'avant, mais tout y était désincarné. Une illusion parfaite. La mort de Zoé a ouvert une fracture, temporelle et existentielle. Elle a séparé ma vie en deux, altéré mon rapport à la réalité, à moi et à l'autre. Je n'habitais plus le même monde, je l'avais perdu.

Étienne et mon médecin généraliste m'incitèrent à consulter un psychiatre. On me recommanda le docteur F***. Je pris rendez-vous. Il me déplut au premier coup d'œil, plus encore quand il se vanta d'être « spécialisé dans l'accompagnement du deuil ».

J'annulais souvent, mais finissais par le contacter de nouveau, je dépendais de ses précieuses ordonnances d'antidépresseurs et de somnifères. Peut-être le docteur F*** n'était-il pas le médecin qui me convenait. Peut-être aurais-je dû consulter une femme. Cela n'a plus d'importance. Étienne se joignit à un groupe de parole de parents en deuil. Je refusai. J'ai eu tort. Mais écouter la douleur des autres, la jauger, la comparer avec la mienne, prodiguer des mots d'espoir, des encouragements – c'est ainsi que j'envisageais ces séances –, à l'époque, je n'en avais pas la force. Et je ne voyais pas quel soulagement elles pourraient m'apporter. De toute façon, je ne cherchais pas à aller mieux. Étienne me raconta qu'un homme y assistait depuis dix-neuf

ans. Il avait perdu son fils, âgé de quinze ans. Il disait :
« Cela fait vingt ans que je lui imagine un avenir. On
m'a enlevé le présent, mais je suis dans le passé avec
mes souvenirs et dans le futur avec mon imagination. »

Lorsque le docteur F*** apprit qu'Étienne était parti,
je sentis, à son changement de ton, qu'il était agacé,
ou déçu. Il était grand temps que je passe à l'étape suivante, à l'« acceptation » de la mort de Zoé. Il y avait
dans le travail de deuil, ajouta-t-il, des seuils à franchir, plus ou moins longs, selon chacun bien entendu.
Nous devions poursuivre dans ce sens. Je ricanai. J'étais
devenue experte en ricanements. Je haussai le ton, moi
dont il peinait jusque-là à entendre la voix. Je me foutais des seuils à franchir, parce que je n'étais pas n'importe quelle endeuillée, lui balançai-je. Perdre un
être cher est éprouvant, mais cette épreuve-là, nous
la vivons tous un jour ou l'autre, et elle revient hélas,
encore et encore, quand nous vivons vieux, elle est
dans l'ordre des choses. Je ricanai encore : « C'est compris dans le forfait. On nous dit qu'il faut avancer, que
c'est la vie, et nous avançons, non ? Mais moi, c'est ma
fille qui est morte, fauchée par une voiture, vous comprenez ? Je suis trop lâche pour me suicider, c'est ce
seuil-là que je ne suis pas parvenue à franchir, pas un
autre. Je suis à l'arrêt, et c'est l'état qui me convient
le mieux. Il n'y a rien à réparer dans ma vie, rien à
oublier, personne à accompagner. Je suis inconsolable, avez-vous un remède pour me guérir ? Non, bien
entendu, vous ne seriez pas là, assis dans votre fauteuil,
à m'écouter. Vous ne savez rien et je ne comprends pas
ce que vous attendez de moi ou ce que je suis censée
attendre de vous. »

Mon acrobate

Lorsqu'il me dit « à mardi prochain », à son sourire en coin, je compris qu'il jugeait ma révolte bon signe. Chez moi, je tapai « étapes du deuil » dans Google et tombai sur des graphiques, des schémas et des courbes. Entre le choc et la reconstruction, qu'on appelle aussi paix retrouvée, ou sérénité, on devait passer par la colère. Je trouvais ces théories simplistes. Moi, j'étais coincée au creux d'une vague nommée tristesse ou dépression.

Je ne revis pas le docteur F***.

« La disparition de Zoé ne change rien à la terreur que m'inspire la mort, écrivis-je à Étienne, longtemps après. Je m'en veux de n'avoir pas su combattre cette hantise pour disparaître moi aussi. » Je reconnus dans la réponse d'Étienne cette dérision qu'il pratiquait avec l'énergie du désespoir : « Moïse a vu Dieu en face et s'il en est un qui avait de bonnes raisons de ne pas avoir peur de la mort, c'est bien lui, tu ne penses pas ? Pourtant, ce grand échalas sinistre, qui, entre Dieu et ses colères et les Hébreux et leurs incessantes récriminations, n'a pas eu la vie facile, était paniqué à l'idée de mourir. »

COURIR

Pour mon refus de déménager, il y avait un prix à payer : les réactions de mes voisins, de ceux qui savaient. Je lisais dans leur regard un mélange de pitié, de curiosité et de gêne.

Mon acrobate

« C'est la mère de la petite fille, vous savez, celle qui a été fauchée par une voiture... Le père est parti, mais elle... » J'imaginais avec effroi leurs conversations lorsque j'avais le dos tourné. Je ne leur en voulais pas, j'aurais fait pareil. À leur place, je me serais moi aussi demandé pourquoi cette femme qui n'avait pas d'autre enfant ne s'était pas suicidée, ce qui pouvait bien la retenir. J'eusse aimé leur parler de cette épouvante qui me saisissait lorsque j'envisageais la mort, plus forte que tout. Elle dépassait l'entendement. Pourtant, je ne voulais plus vivre.

Zoé allait à l'école publique. Quand je sortais, je croisais des parents d'élèves que j'y avais rencontrés. Les premières fois, je fus prise de panique. Je traversais la rue ou me détournais. S'ils insistaient et me hélaient, j'accélérais le pas, bifurquais dès que possible. Je ne voulais pas de leur réconfort, être invitée chez eux, dire bonjour à leurs enfants. Je ne sais pas s'ils se donnèrent le mot, comprirent mes réticences, mais assez vite ils ne m'adressèrent plus la parole. À mon grand soulagement, Chloé et ses parents déménagèrent l'été après l'accident.

Mes obsessions se bousculaient. Dans l'une d'elles, je ressassais les dernières minutes passées avec Zoé, dans la rue en bas de chez nous, juste avant qu'elle parte à V***. Une fois installée dans la voiture, après m'avoir embrassée et serrée dans ses bras, portière refermée, elle m'avait fait des grimaces, que je lui avais rendues. Je me remémorais chacun de ses gestes, sa façon de me regarder, sa bouche, écrasée contre la vitre, qui m'embrassait encore, les baisers qu'elle déposa sur sa main et souffla dans ma direction. Je fis de la buée contre la vitre pour y dessiner un cœur avec deux ailes.

Mon acrobate

Parfois, je ne sortais de l'appartement que pour me poster là où je me trouvais, sur le trottoir, le jour de son départ, comme si le bitume ou le banc, à proximité, allait me révéler une information capitale, une vérité que je n'avais pas comprise jusque-là. Je fouillais dans ma mémoire, pour y déceler un signe, même infime, m'avertissant du danger qui s'annonçait et que je n'avais pas su voir. Il n'y en avait aucun, naturellement. Mon imagination prenait le relais. J'ouvrais la portière juste avant que la voiture démarre, détachais la ceinture de Zoé, et nous courions main dans la main, loin de Chloé et de sa mère. Puis, nous arrivions chez nous, après un long détour dans le quartier. Je me baissais pour être à sa hauteur et m'exclamais, la regardant dans les yeux : « Ouf, nous l'avons échappé belle ! »

JE CHÉRIS TON CŒUR

Un jour, je ne supportai plus les somnifères et les anxiolytiques. Un cachet sur la langue suffisait à me donner la nausée. Contre ma volonté, mon corps refusait ma léthargie quotidienne. Tout me dégoûtait, me heurtait, mais j'éprouvai de nouveau le besoin de marcher, d'ouvrir les fenêtres, de sentir le soleil sur ma peau. Et la faim.

M'éteindre à petit feu… quelle blague ! Dorénavant, même le sommeil de plomb, sans rêve, en mode survie, verrouillé par les médicaments, m'était refusé. Je dormais de minuit à 4 h 10 – pourquoi 4 h 10, c'était un mystère – avant d'ouvrir grand les yeux.

Mon acrobate

J'allais vivre. Je me haïssais pour cela.
J'aurais dû mourir à la seconde où Étienne m'avait annoncé la mort de Zoé. Le cœur qui lâche. Ou à l'hôpital, quand sous le drap je l'avais découverte, froide et livide. Ou plus tard, à n'importe quel moment, puisque le cauchemar était sans fin. Étendue dans son cercueil, si petite, si mince. Ou quand on l'avait enfouie dans la terre. Il y avait eu tant d'occasions. Mais de battre, mon cœur ne s'était pas arrêté. Je ne comprenais pas comment c'était possible, pourquoi mon corps pouvait agir contre ma volonté. Je ne mourus pas plus les semaines suivantes, qui me projetèrent dans le chaos.

Depuis son départ, Étienne m'écrivait à un rythme régulier, par la poste ou par Internet. Il me parlait de la bergerie rénovée, petite mais confortable, qu'il louait sur les hauteurs de Cassis, de son jardin en pente, de la terre qui avait soif, des oiseaux qu'il apprenait à reconnaître, de la chaleur qui le plongeait dans une torpeur bienveillante. De temps à autre, il parvenait à faire le vide dans sa tête, dont même Zoé disparaissait. Chaque fois, cela le stupéfiait, d'avoir pu l'oublier, quelques minutes durant.

Il vivait en ermite, ne sortait que pour donner ses cours à l'université de Marseille. Il en profitait pour se rendre à la boulangerie-épicerie du hameau, tenue par un vieil homme qui jouait du violon. Il alla deux fois à la plage, avant de renoncer. Il y avait revu Zoé dans l'eau, son bandana gris et jaune acheté sur le port à Saint-Raphaël, entendu ses cris de joie dans les vagues, senti son corps plaqué contre son dos, ses bras enserrant son cou quand ils nageaient ensemble, reconstruit le petit bateau fait de bouts de bois flotté trouvés sur la plage et qui coula dès sa mise à l'eau. Ces souvenirs-là lui causèrent un immense chagrin. « Il y a des contrées qui me sont désormais interdites et que je tiens à bonne distance. Si je décidais d'en franchir la frontière, c'est que j'aurais tourné le dos à la vie ou, tout du moins, que je m'autoriserais cette question : à quoi bon continuer ? Mais il me reste des pépites, qui étaient là avant Zoé : la philosophie et mon amour pour toi. »

Il terminait tous ses courriers par « Je t'attends et je chéris ton cœur. »

Mes réponses étaient brèves et plates. Étienne m'inspirait des sentiments paradoxaux, mais je ne voulais pas le blesser, ni ajouter à son malheur. À notre sujet, je prenais garde à ne pas entretenir ses illusions. Nous partagions le même désespoir, mais j'enviais et jalousais ce qu'il appelait ses pépites. C'était stupide et lâche. Je ne pouvais m'empêcher de lui en vouloir, pour ce manuscrit en retard qui nous avait coincés à Paris. Pas une fois, je ne lui en fis le reproche. Au fond de moi, j'avais honte de me laisser aller à ces réflexions minables, de penser que s'il était parvenu à surmonter sa peine pour reprendre le travail, à tenir sans médicaments, c'est parce qu'il était moins malheureux que moi. Le seul coupable s'appelait François Descampier.

J'évitais les petites filles. Lorsque j'en croisais une dans la rue, qu'il m'était impossible de ne pas la regarder, je me sentais comme prise au piège. Je cherchais les ressemblances avec Zoé. Une même voix, cristalline et enjouée, un même froncement de sourcils prononcé, la même habitude, charmante, de sauter à cloche-pied en tenant la main de sa mère, un même

Mon acrobate

sourire radieux... Mais plus de deux ans après sa disparition, je ne voyais plus les choses de la même façon. Je doutais. À quoi aurait ressemblé Zoé, à bientôt dix ans et demi ? Les enfants changent vite, à cet âge-là. La fillette, cet après-midi, avait plutôt sept ans que dix. Je perdais mes points de repère. Zoé avait huit ans pour l'éternité.

Je m'étais renseignée sur les logiciels de traitement d'image et d'anamorphose. À partir d'une photo, ils vieillissent artificiellement les traits du modèle. On s'en sert dans la recherche des personnes portées disparues. Dans une interview au *Monde*, un ancien prothésiste dentaire qui a intégré le département anthropologie-thanatologie-odontologie de l'Institut de recherche criminelle de la gendarmerie expliquait que le sourire, les yeux, les fossettes et la forme du front ne changent pas, tandis que la base du nez s'épate et que la lèvre inférieure, le menton et les oreilles s'allongent. J'étais tentée d'aller plus loin, de vieillir Zoé, mais je me raisonnai. Pourquoi m'infliger une douleur supplémentaire, inutile ?

ÉTIENNE

Je repense souvent au voyage en voiture jusqu'à Lyon, pendant lequel j'ai fixé la route les mains crispées sur le volant, sans tourner la tête vers Izia une seule fois. Un trajet interminable, quatre heures démentes, atroces. Ma femme qui devenait cinglée, parlait en boucle, sans une minute d'interruption. Qui pleurait, hurlait, riait, tenait des propos incohérents, ouvrait la fenêtre, la refermait, dix fois, vingt fois, trente fois, cherchait un paquet de cigarettes dans la boîte à gants, étonnée de ne pas le trouver alors qu'elle avait arrêté de fumer cinq ans auparavant. Il aurait dû être là, insistait-elle. Une force dévastatrice émanait d'elle, incontrôlable. Peut-être avais-je mal entendu au téléphone, ou bien était-ce une très mauvaise blague, « tout est possible, tu le sais bien », insistait-elle. Le pire, c'est que plus j'avalais les kilomètres, plus je doutais. Tout était allé si vite, au téléphone. Je n'avais eu qu'une envie, raccrocher, comme si le fait d'écourter la conversation allait changer la réalité. Avais-je bien compris ? Et s'ils s'étaient trompés ? C'était dégueulasse, mais je me disais aussi qu'ils pourraient avoir confondu Zoé et Chloé. Et puis non, je savais. Bientôt, ils me confirmeraient que Zoé, ma merveilleuse enfant, mon acrobate philosophe, experte en labyrinthes, était morte. Je le constaterais de mes

Mon acrobate

propres yeux. Et puis j'espérais de nouveau. Izia avait raison. Et si c'était une très mauvaise blague ? Oui, tiens, pourquoi pas ?
Saloperie d'espoir.

LA TÊTE À L'ENVERS

J'avais pris une émission en cours à la radio et je ne sais pas dans quel contexte le témoignage de cet homme s'inscrivait. Depuis quelques jours, j'allumais mécaniquement le poste dans la cuisine, même s'il m'était impossible de me concentrer plus de quelques minutes. Je décrochais vite, malgré mes efforts. Lui, je l'écoutai jusqu'au bout. Ce que cet homme avait trouvé de plus éprouvant, à la mort de son père, avait été de vider son appartement. Je le comprenais, moi qui refusais de toucher à quoi que ce soit dans la chambre de ma fille. « Dans la hâte, j'ai fait n'importe quoi, si vous saviez comme je regrette. C'est simple, j'ai gardé ce que j'aurais dû jeter et jeté ce que j'aurais dû garder, j'avais la tête à l'envers », déplorait-il. En entassant ses affaires dans des cartons, il avait eu le sentiment de faire mourir son père une deuxième fois. Il aurait aimé ne pas être seul durant cette épreuve, mais ses sœurs vivaient à l'étranger.

Grâce à lui, je conçus enfin un projet, et il m'en fallait un. Je n'étais plus capable de dessiner et ne supportais plus de dépendre financièrement d'Étienne et des sœurs. Le concept était saugrenu, voire tordu, bien loin de mon métier de graphiste, mais c'était justement ce que je souhaitais, devenir quelqu'un d'autre, m'inventer un personnage si nécessaire, explorer un territoire où je n'aurais pas de repères. J'allais proposer mes services à des gens qui, ayant perdu un proche, avaient besoin d'être soutenus et conseillés au moment de débarrasser le domicile du disparu. Je les aiderais à trier les affaires, à décider de ce qu'ils désiraient conserver, jeter, vendre... Pas par compassion ou pitié, je ne suis pas une sainte. Mais j'aimais l'idée de me transformer en cette déménageuse très spéciale. J'en assumais l'aspect morbide – de toute façon, je ne savais plus comment faire sans la mort. Je me sentais plus à ma place aux côtés des endeuillés qu'avec les insouciants et les heureux. Ma nouvelle activité nécessitait d'être physiquement résistante, je ferais de nouvelles rencontres – des personnes qui ne savaient rien de mon passé – et je devrais quitter mon appartement dans la journée.

Mon souhait de m'occuper de l'appartement des autres était aussi lié au rapport que j'entretiens avec les lieux, qu'Étienne jugeait « particulier, intéressant », ma mère « pénible ». Plus les espaces sont vides, mieux je me sens. Je jette trop, il m'arrive de le regretter, mais je ne sais pas faire autrement, les objets m'encombrent. Je ne supporte pas l'accumulation, les tiroirs qui débordent, les armoires pleines à craquer, les bibliothèques saturées, les plans de travail en désordre, les murs surchargés. J'étouffe, j'ai besoin d'air, de blanc, de vide, de rien. Enfant, je tombais en admiration devant les photos d'intérieurs japonais, leurs couleurs neutres, les panneaux coulissants, les meubles bas, le minimalisme et la sobriété, leur sérénité. J'implorais ma mère de s'en inspirer pour la décoration de notre appartement. Elle acheta un futon, une petite commode en

Mon acrobate

bambou et s'arrêta là. Je supportais la pagaille dans la chambre de Zoé, cet espace était le sien, mais je devais faire un effort pour m'empêcher de jeter tout ce qui était à mes yeux inutile.

Je placardai des annonces chez les commerçants de mon quartier, ouvris un compte sur Instagram, un autre sur LinkedIn. Je pris rendez-vous avec des pompes funèbres pour leur présenter ma petite entreprise, contact avec des brocanteurs et des antiquaires. Je découvris le fonctionnement des déchetteries, d'Emmaüs, des Petits Frères des pauvres, de Bibliothèques sans frontières, de RecycLivre. Je rencontrai un notaire, qui me fit un topo sur l'héritage, les problèmes que j'allais devoir affronter, les démarches à entreprendre.

ÉTIENNE

C'est ce que je voulais. Louer une petite maison en pierre, immergée dans la nature, à l'intérieur sommaire, au décor neutre, sans âme qui vive alentour. J'ai acheté un livre sur la faune et la flore de la région, appris à reconnaître d'autres arbres et plantes que le pin d'Alep et le romarin. Je voulais pouvoir montrer à Izia l'amandier, le cassissier, la bruyère multiflore et la cinéraire maritime. Elle rirait bien quand elle verrait à quoi ressemble mon prétendu potager. Mais savait-elle encore rire ? Nous écouterions ensemble les bruits de la nuit, nous contemplerions les étoiles couchés dans l'herbe, sur les deux gros rochers recouverts de mousse au-dessus de la rivière, là où elle s'apprête à entamer son virage, j'aurais pensé à prendre une couverture, nous ne dirions rien, parce que nous saurions tous deux vers qui vont nos pensées à cette minute précise. Nous nous laisserions aller. Nous serions très bêtes. Quelques instants seulement, chacun dans sa bulle, à s'imaginer Zoé tout là-haut, heureuse dans son nouvel univers, qui nous observe depuis son étoile en réalisant des flip-flap avant sur un nuage. Oui, Izia me rejoindrait. Je l'attendrais. J'avais besoin de sa tendresse, ses mots justes, ses questions, son indulgence, ses silences, la connaissance qu'elle a de moi. Je voulais ses yeux, à moi la cambrure de son dos, sa main dans mon cou, ma langue sur sa chatte. C'était dans l'espoir de son retour que je tenais debout. Que je continuais, trois fois par semaine, à donner mes cours à Marseille, à préparer mes élèves à l'agrégation, que j'étais disponible pour eux, un soutien, je l'espérais, sans faille. Depuis peu, je parvenais à évoquer avec mes collègues ce qui m'était arrivé, à leur dire pourquoi j'avais changé d'université. J'avais constaté deux sortes de réaction : la politesse distante ou, à l'inverse, la compassion, les attentions, les invitations à dîner ou au barbecue du dimanche. Je déclinais.

Je savais bien qu'Izia avait laissé une part d'elle dans la mort de notre fille. Mais laquelle ? Et moi, qu'avais-je perdu qu'Izia ne retrouverait plus ? De quoi nous étions-nous défaits ?

Je m'étais acheté un sac de frappe. Je l'avais accroché à la plus grosse branche du chêne, derrière la bergerie. Je tapais parfois comme un dératé. Je défonçais à grands coups d'uppercuts la mâchoire de François Descampier, je lui pétais le nez, le sang giclait et c'était bon, je visais les tempes, le foie, là où ça fait mal, mes larmes se mêlaient à la sueur, je serrais les dents.

Je voulais que mes cauchemars cessent. J'ai sept ans et mes frères, adolescents, me balancent des claques en disant « c'est bien fait pour ta gueule, adieu la petite Zoé, ça t'apprendra à nous avoir éjectés de ta vie ».

PATIENCE

Mon premier client était un veuf de fraîche date. Il avait une cinquantaine d'années, habitait le 4ᵉ arrondissement, à Paris. « Pourquoi pas », s'était-il dit en découvrant mon annonce à la boulangerie. Il manquait de courage pour trier seul les affaires de son épouse. Ses enfants s'étaient proposés à plusieurs reprises, mais il avait refusé. Il jugeait cette épreuve trop dure pour eux. Il ne comprenait pas pourquoi il était tellement attaché à certains objets. Il procédait avec lenteur, tergiversait, en silence la plupart du temps. Je compris à son côté que mon nouveau métier exigeait de la patience. Je ne crois pas lui avoir été très utile. Après l'avoir quitté, je me fis la réflexion qu'il me faudrait prendre plus d'initiatives avec mes prochains clients. Après tout, c'est ce qu'ils attendaient de moi.

Une entreprise funéraire transmit mes coordonnées à Agathe et Bertrand Dutel, un frère et sa sœur. Leur mère était décédée la veille. Elle avait passé les dix dernières années dans un Ehpad, près de Compiègne. La direction de l'établissement leur donnait quarante-huit heures pour vider la chambre. Ils vivaient tous deux loin de Paris, n'avaient pas dû souvent venir voir leur mère. Ils souhaitaient se débarrasser de tout, sauf de la console et du fauteuil crapaud, qu'Agathe récupérait.

Le bouche-à-oreille fonctionna vite et bien.

Mon acrobate

Je n'avais pas pensé que certains clients me confieraient leurs clés et me laisseraient me débrouiller seule, parce que, par exemple, ils refusaient de retourner sur les lieux où ils avaient grandi. Ou parce qu'il n'y avait pas d'objets de valeur ou qu'ils les avaient déjà emportés. Les gens me faisaient facilement confiance, mais le travail n'était pas tel que je l'avais d'abord imaginé.

ET PUIS QUOI ENCORE

Étienne m'écrivit une longue lettre, que je lus un soir, après avoir déménagé la chambre de Simone Falpierre, à l'Ehpad du Colisée, à Compiègne. Auparavant, j'avais travaillé chez une jeune femme, à Grenoble, et aidé un monsieur de quatre-vingt-douze ans à faire le tri, chez lui, avant qu'il vende son appartement. Sa femme était morte quelques années plus tôt, mais il avait tout conservé en l'état, incapable de rien jeter, ni de remiser dans des cartons ses vêtements, ses bijoux, ses carnets, son plaid sur le canapé. C'était incroyable. Même son *Eau de Rochas* et ses crèmes Lancôme étaient restées sur la tablette, dans la salle de bains. « J'ai quand même réussi à jeter sa brosse à dents », sourit-il. Il avait le sens de l'autodérision.

Étienne était content que je ne passe plus mes journées au fond de mon lit, mais ma nouvelle activité le laissait perplexe. Il trouvait que me charger de la peine des autres, vouloir venir en aide à des endeuillés n'était pas bon pour moi, et que je devrais « tenter de me détacher de mon côté morbide ». Il était inquiet, aussi.

Mon acrobate

Je n'avais pas le gabarit pour déménager des meubles, j'allais me casser le dos, me blesser, à force. Il m'agaçait, mais je n'en laissais rien paraître. Je le rassurais, lui expliquais que je faisais appel à des déménageurs et que si j'avais choisi un métier si physique, c'était justement pour faire taire mon corps. Pour rentrer le soir épuisée, percluse de courbatures, les épaules raides, le cou lourd, pour que la fatigue soit plus forte que tout et que le sommeil m'emporte.

Je lui tus mes soucis avec les déménageurs. Leurs plannings étaient chargés et je devais les réserver à l'avance, parfois les décommander au dernier moment. J'avais du mal à estimer les mètres cubes à transporter. Les objets et les meubles partaient vers des adresses différentes. Forcément fragiles dans ces moments particuliers, mes clients étaient hésitants, versatiles, tous sans exception, même ceux qui ne voulaient s'occuper de rien et tenaient à garder le mort à distance.

J'achetai un Renault Kangoo d'occasion. Étienne avait raison. Physiquement, je n'allais pas tenir. Je cherchai quelqu'un pour m'épauler, rédigeai une nouvelle annonce. Chaque fois, quelque chose n'allait pas. Le premier candidat était bâti comme une crevette, le deuxième voulait travailler au noir, le troisième à mi-temps, le quatrième n'avait pas le permis de conduire, le cinquième ne vint pas au rendez-vous…

Au supermarché, au milieu des propositions d'heures de ménage, de baby-sitting, de pet-sitting, de lits de bébé, de commodes, il y avait Samuel. Il était déménageur, bricoleur et aidait les enfants à faire leurs devoirs. Je notai son numéro de téléphone. À côté de moi, une femme me prévint : « Faut faire attention avec ces gars-là, c'est souvent des charlatans. Déménageur, bricoleur, prof, et puis quoi encore ? »

LA CHAMBRE

De l'aube jusqu'au soir, je me démenais. Mes clients m'accaparaient et me sollicitaient, plus que de raison. J'étais surmenée, mais de cette façon, je tenais à distance celui que j'appelais « le monstre », ce désespoir qui me jetait à terre. Le monstre aimait me prendre par surprise. M'envoyer un mail d'une marque de vêtements pour enfants, « C'est bientôt l'anniversaire de Zoé ! À cette occasion, nous vous réservons une surprise en boutique ». Faire entrer dans le même wagon de métro que moi une classe de primaire sans me laisser le temps de fuir. Lire ce slogan contre l'alcool au volant, « Vous rouliez juste un peu trop vite. Vous l'avez juste un peu tué ».

Dans la journée, Zoé était près de moi, mon papillon que j'étais seule à voir, qui allait et venait, tournoyait au-dessus de ma tête, se posait sur mon épaule, minuscule et adorable ombre virevoltante, que je prenais à témoin de tout et n'importe quoi, qui me donnait son avis et dont je devinais les réactions et les paroles, ce qu'elle aurait pensé ou dit. Zoé nichait à l'intérieur de moi, dans le moindre repli de ma peau, dans mon ventre, entre mes bras, derrière mes paupières, dans l'air que je respirais. Elle ne me laissait pas de répit.

De retour à l'appartement, en fin d'après-midi, la porte à peine franchie, l'absence de Zoé me reprenait à

Mon acrobate

la gorge. Chez moi, je ne me racontais plus d'histoires. Le bonheur anéanti enserrait ma tête dans un étau. La douleur, que je parvenais à canaliser à l'extérieur, se réveillait et débordait, fulgurante.

Entre mes murs, je cessais de faire semblant. Le silence qui m'y accueillait me rappelait à cette réalité : nos trois vies disparues. Nous n'étions plus.

Tous les soirs, je suivais le même cérémonial, me déshabillais, passais sous la douche où je me lavais avec un savon sans parfum, m'attachais les cheveux, enfilais mon peignoir et me dirigeais vers la chambre de Zoé. J'embrassais la pièce du regard, je caressais le dossier de sa chaise de bureau, les rideaux de sa fenêtre peuplés de koalas, son sac à dos, ses boîtes de puzzle, de perles, sa pile de *Petit Quotidien*, ses livres... Après son départ, j'avais oublié de mettre sa couette dans la machine. C'était une bonne chose. Je me couchais sur son lit et enfouissais ma tête dans son oreiller, pour sentir son parfum d'enfant, mélange de pain d'épices et de vanille qui m'avait accompagnée huit ans durant. Je respirais ses vêtements et refermais vite son armoire, de peur que son odeur s'évapore ou s'altère en se mélangeant à d'autres, venues de l'extérieur. Au bout de son lit, son vieux Winnie l'Ourson, aux oreilles et au ventre un peu râpés, regardait en direction de la porte. Il avait failli accompagner Zoé sous terre. J'avais dit non. Zoé n'aurait pas fait cela, elle aurait sauvé sa peau.

Sa chambre, c'était tout ce qu'il me restait d'elle, là qu'elle était au plus près de moi, avec ses objets, ses habitudes, ses vêtements. Sa chambre était un concentré de sa courte existence. Tout devait rester tel

Mon acrobate

quel. Figé pour l'éternité. Pour ôter la poussière, je passais un chiffon, le plus délicatement possible. Je n'utilisais pas de produit. Si quelqu'un avait pénétré dans cette pièce, y avait déplacé quoi que ce soit, je l'aurais égorgé.

ÉTIENNE

Je dominais la mer, grise et désordonnée. La crique était encore déserte, le sable paraissait tout plat de cette hauteur, blond et lisse. On l'aurait dit passé au râteau. Une ligne couleur feu embrasait l'horizon. Les falaises tombaient à pic. C'était beau et inquiétant. Je me demandai qui l'emportait, de la splendeur ou du tourment. Je choisis le second. Je me tenais au bord, me penchai. Je tendis un pied dans le vide. Je me mis à rire comme un dément, un rictus affreux déformait ma bouche, puis mon rire s'étrangla, devint un long hurlement d'homme brisé par la douleur, la haine, crachée à la gueule du ciel, qui s'en fichait pas mal. Les sanglots étouffèrent mon cri, me forcèrent à reprendre ma respiration. Je reposai mon pied au sol. Je m'accroupis, ma tête sur mes genoux, je serrai mes bras autour de mes jambes et pleurai comme pleurent les enfants.

LA RENCONTRE

J'appelai l'homme de l'annonce, Samuel. Je lui donnai rendez-vous le lendemain, au café Monceau. Il m'attendait devant. Parce qu'il proposait d'aider aux devoirs des enfants, je l'avais imaginé moins jeune. Il pleuvait, il aurait dû entrer. « Non, me répondit-il, je ne savais pas si vous alliez venir. » Il était vêtu d'un jogging noir Adidas, de baskets grises et d'une casquette gris et blanc, visière en arrière. Plus tard, je découvris qu'il en avait toute une collection. Nous nous installâmes près d'une fenêtre. Je pensais qu'il allait commander un Coca ou un café, il prit un thé vert. Il faut croire que j'avais de nombreux *a priori*. Dans mon petit monde, un jeune, de banlieue qui plus est, ne buvait pas de thé.

Samuel me plut, tout de suite. J'étais touchée par son manque d'assurance, son visage fermé, son désir de bien faire, parce qu'il voulait ce boulot, qui était quand même particulier. Je m'étais assurée au téléphone qu'il avait le droit de conduire. Il vivait à Villejuif, chez ses parents. Il ne venait pas souvent à Paris, il s'y sentait de trop, trouvait que tout y était cher. « La banlieue c'est moche, le contraire de Paris, mais y a pas ce malaise. Ici, dès que j'arrive dans un endroit bien, on me fait sentir que je colle pas à l'ambiance. Avant, quand mon père m'emmenait dans les

musées, je kiffais de venir, mais plus trop maintenant. »
« Avant quoi ? » « Avant », me répondit-il, gêné. Je
me demandais ce qu'était pour lui « un endroit bien »
mais n'osai lui poser la question, par peur de le vexer.
Il avait déposé ses petites annonces dans le quartier des
Batignolles, où il venait de travailler six mois comme
caissier au Monoprix. Il avait vingt-deux ans, passé son
bac quelques mois auparavant. « Je pensais qu'après, je
saurais quoi faire, mais c'est le trou noir. » Il me tendit
sa tasse : « Elle sent un peu l'éponge humide, vous
trouvez pas ? » Elle sentait le thé, rien d'autre.

Je lui expliquai ce que je faisais depuis six mois, ce que
souhaitaient mes clients. « Il y a des gens pour qui c'est
très compliqué de jeter, trier, choisir ce qu'ils gardent et
ce dont ils se débarrassent. C'est pire quand ils doivent le
faire pour un proche mort, et qu'ils ont aimé. Ils le vivent
comme un abus de pouvoir. Enfermer la vie d'une personne dans des cartons et des sacs-poubelle, c'est violent.
Un client m'a raconté que, lorsqu'il a déménagé le
domicile de son père, chaque fois qu'il mettait quelque
chose à la poubelle, il avait l'horrible impression de lui
dire : "Allez, tu dégages maintenant !" »

« Donc, si j'ai bien compris, vous videz les maisons
des morts, c'est ça ?

— C'est ça.

— Mais ces gens-là, ils ont pas de la famille, des
amis qui peuvent les aider ?

— Si, c'est même la très grande majorité. Mais parfois, ils préfèrent demander de l'aide à un inconnu,
une en l'occurrence, dont c'est le métier. Parce qu'ils
ne sont pas en bons termes avec leur famille, n'ont pas
envie de la mêler à l'intimité du disparu, ne veulent

pas lui être redevables... Chacun ses raisons. Je serais bien incapable de vous dresser un portrait type. Ils sont tous différents.

— Ils sont pas tous un peu space ? »

Je souris.

« Pas plus spéciaux que la moyenne. Il y a aussi ceux qui ne veulent pas entendre parler du disparu. Pour eux, pas question de s'occuper d'un déménagement, du tri. Ces clients-là, je ne les avais pas prévus, mais ce sont les plus faciles. Tout doit être fini le plus vite possible, ils me fichent une paix royale.

— Pourquoi ils sont comme ça ?

— Ils sont en colère, ils en veulent à la personne qui est décédée ou ils en ont peur. Morte ou vivante, cela ne change pas grand-chose pour eux. Devoir s'en occuper réveillerait des souvenirs difficiles. Et puis, il y a ceux qui s'en foutent. Ils ont les moyens de payer quelqu'un, ils ont récupéré ce qui les intéressait, ou bien ils me disent ce qu'ils veulent et le reste, je peux bien en faire ce que je veux.

— Ils sont riches, vos clients ?

— La plupart ont les moyens, c'est vrai, mais pas tous. Chaque déménagement est une nouvelle histoire. Pour vous donner un exemple, je viens d'aider une femme à vider la maison de son frère. Si personne n'avait posé de garde-fous, elle aurait rapporté la totalité de ses affaires chez elle – enfin, chez elle et son mari. Elle vit déjà dans les meubles de ses parents. Vous imaginez : dans tous les meubles de ses parents, pas un ne manque. Au début, le couple les a stockés dans la cave, mais plus les jours passaient, plus l'idée qu'ils étaient à l'écart, dans l'humidité, lui a paru intolérable.

Mon acrobate

Elle les a rapatriés, l'un après l'autre, les objets aussi. Son mari avait beau lui dire qu'il n'en voulait pas, que leur maison était devenue irrespirable et moche, elle n'a pas cédé. Elle ne s'est débarrassée de rien. Elle m'a dit : "C'est plus fort que moi, je ne peux pas faire autrement. Je regarde ces meubles, je ne les aime pas, mais c'est ce qu'il me reste de mes parents." Et voilà que son frère meurt. Elle promet à son mari que cette fois, elle ne rapportera rien. Avec elle, les journées n'ont pas été simples. Elle disait oui à tout, était d'accord pour proposer l'armoire à sa nièce, donner la vaisselle à une association, et puis elle changeait d'avis, "je me disais que l'armoire, elle tient dans notre chambre si je me débarrasse de l'ancienne", "c'est quand même dommage, cette vaisselle, je pourrais la descendre à la cave, pas pour moi mais je trouverais bien quelqu'un à qui cela fera plaisir", vous voyez le genre ? Elle a tenté de se convaincre qu'elle échangerait les meubles de ses parents contre ceux de son frère. J'ai réussi à la dissuader. Elle m'a fait rouvrir je ne sais combien de cartons prêts à partir. Dans la mesure du possible, il ne faut pas céder, mais c'est le client qui décide.

— C'est pas banal, ce que vous faites... »

Il me regarda dans les yeux et me rendit mon sourire.

Zoé et moi jouions à qualifier en trois mots les gens dont nous faisions la connaissance. Qu'aurait-elle pensé de Samuel ? Son jugement était plus clairvoyant que le mien. Elle avait deux mois lorsque nous emménageâmes rue des Batignolles. L'appartement qui jouxtait le nôtre resta inhabité les six premières années, avant que son propriétaire, M. Jacoltin, en prenne possession. Un minuscule bonhomme d'une soixantaine

Mon acrobate

d'années, qui en faisait dix de plus, arborait une veste en tweed chez lui et un imperméable, été comme hiver, lorsqu'il sortait. Nous l'invitâmes à venir boire un verre quelques jours après son emménagement. Quel était son métier, avait-il de la famille à Paris, appréciait-il la ville ?... Il répondit de manière évasive. Il ne nous reçut jamais chez lui. Nous discutions sur le palier, mais ne parvînmes pas à percer « le mystère Jacoltin ». Il était propriétaire d'un très bel appartement, bien plus grand que le nôtre, paraissait aimer les hommes, avait un faible évident pour Étienne, ne partait pas en vacances, pas en week-end, se tenait informé de la vie de l'immeuble et du quartier. Nous n'en savions pas plus. Personne ne lui rendait jamais visite. Il allait au théâtre seul, comme à la Philharmonie, à laquelle il était abonné.

Quand il fut rentré chez lui, après notre pot de bienvenue, Zoé me le décrivit ainsi : « Complètement siphonné-puant-gentil. » Les mois suivants, nous découvrîmes qu'il parlait tout seul, la nuit. Nous l'entendions à travers la cloison du salon. Il tenait des conversations exaltées, où il jouait tous les rôles, le sien et ceux de ses interlocuteurs, faisait les questions et les réponses. Ou alors, c'était un long monologue. Nous comprîmes vite ce que Zoé entendait par « puant » : il changeait rarement de vêtements et ne sentait pas très bon.

Zoé avait de la tendresse pour lui. Elle était attirée par les « zinzins », comme elle les appelait, les gentils et les fantasques. Jacoltin faisait donc son bonheur. Dans les poches de sa veste, il avait toujours un Carambar pour Zoé. Elle détestait les Carambar, mais les acceptait avec un enthousiasme feint.

Mon acrobate

Après la mort de Zoé, Jean-Pierre Jacoltin prit de mes nouvelles chaque semaine. Il n'était pas envahissant, glissait un petit mot sous ma porte. Il me parlait d'une émission à la radio qui l'avait intéressé, des locataires du premier qui allaient déménager, du nouveau marchand de vins, rue de Lévis, me proposait de me rapporter du pain...
Je répondais de même. Je le remerciais de penser à moi. Si étrange que cela paraisse, ce quasi-inconnu fut un soutien important. Ma veilleuse au milieu de la nuit. J'aimais le savoir de l'autre côté du mur.
« Si je travaille avec vous, qu'est-ce que je devrai faire ?
— M'aider à porter les cartons, à ranger, trier... J'ai travaillé six mois seule, mais ce n'est plus possible, c'est trop dur physiquement. Une fois que mes clients ont récupéré ce qu'ils veulent garder, je dois m'occuper du reste. Essayer de vendre les livres qui ont de la valeur à un bouquiniste, donner les vêtements et les draps à Emmaüs, appeler un brocanteur, envoyer la photo accrochée dans le couloir à tonton Jean, les livres de peinture à la cousine, aller à la déchetterie...
— J'ai rien contre l'effort physique. Au contraire. »
Je le prévins qu'il devrait être patient et conciliant.
« Il y a de sacrés emmerdeurs. Ils ne vous accompagnent pas, mais veulent être tenus au courant du moindre de vos faits et gestes. Et une fois que vous avez terminé, ils culpabilisent et vous font savoir qu'ils regrettent de ne pas s'être occupés de tout eux-mêmes.
— Ils ont pas peur que vous les voliez ?
— Je dois avoir une tête qui inspire confiance. Et je suis une femme, ça doit jouer. Mais lorsque nous nous

Mon acrobate

rencontrons la première fois, rien n'est acquis. Presque tous me demandent quelques jours de réflexion. À ceux qui se méfient, je propose, pour les rassurer, de faire l'état des lieux avec un huissier. À vous aussi, Samuel, je dois pouvoir faire confiance, vous comprenez ? »

Je lui parlai de sa rémunération, qui serait journalière, car le travail était fluctuant d'une semaine à l'autre. Il trouva que c'était « beaucoup ». Il avait raison. Mais je m'étais dit que si je dénichais la bonne recrue, je partagerais les bénéfices avec elle, à parts égales. Gagner plus d'argent que nécessaire ne m'intéressait pas.

Samuel était « à fleur de peau, franc, renfermé ». Zoé m'aurait demandé ce que signifiait « à fleur de peau ». Elle aurait aimé cette expression, voulu savoir si elle l'était, elle, à fleur de peau. Je lui aurais répondu que non. Elle était la joie de vivre et savait se protéger de la tristesse. Mais en étais-je bien certaine ? Sa relation aux objets témoignait de son hypersensibilité. Et elle était attirée par les « zinzins ». N'était-ce pas là un autre signe de sa vulnérabilité ?

C'était devenu cela, ma vie. Zoé avait quitté ce monde depuis vingt-six mois, mais je continuais de la prendre à témoin, en permanence, de lui donner des leçons de choses, de lui confier mes déceptions, de lui poser des questions, de lui faire part de mes étonnements. Je lui tenais la main jour et nuit, à chaque seconde. Je ne faisais rien pour me détacher d'elle. Elle était ma petite fée de l'au-delà. J'eusse aimé trouver des indices, me persuader que cette ombre étrange qui dansait derrière les rideaux, c'était elle, ce bruit insolite qui provenait du plafond, c'était elle, cette tasse que je ne me souvenais pas d'avoir laissée sur la commode, c'était elle… Mais je ne croyais pas aux fantômes. Oui, j'aurais tout donné pour basculer dans la folie et discuter avec ma fille, à l'instar de mon voisin Jacoltin avec ses interlocuteurs mystérieux.

Trois mois après l'accident, j'avais pris rendez-vous avec un médium. Arrivée devant sa porte, j'avais hésité. Qu'étais-je en train de faire ? C'était absurde. Il n'y avait rien après la vie, évidemment. La mort nous ensevelissait dans le néant. Si je franchissais ce palier, je trahirais Zoé, lui bricolant une existence d'outre-tombe avec un spectre de pacotille qui ne lui ressemblerait pas, ou si peu. J'avais rebroussé chemin.

Lors de ce premier rendez-vous, j'oubliai de parler à Samuel des chambres à vider dans les Ehpad. C'étaient de tristes déménagements. Les disparus n'avaient pas été encombrés par les visites. Même après leur mort, on continuait de les ignorer.

Le soir même, Samuel m'envoya ce SMS : « Je n'ai pas osé vous demander si vous avez vu d'autres gens pour le job mais sinon, j'ai vraiment envie de l'avoir. Je ne vous décevrai pas, faites-moi confiance. »

LA CHAMBRE

Depuis que je ne prenais plus de cachets pour dormir, je faisais un cauchemar et un rêve récurrents. Je les redoutais. Dans mon cauchemar, Zoé m'appelait à l'aide et je courais à toute allure, affolée, à travers les rues désertes du village de V*** pour la retrouver. Je prenais des ruelles qui ne menaient nulle part, revenais

Mon acrobate

sur mes pas, je m'égarais... Au loin, j'apercevais la voiture de François Descampier, arrêtée au bord de la route. Il sortait de la C4, tournait la tête dans ma direction, comme s'il savait que j'étais là, et, le visage impassible, me montrait du doigt quelque chose que je ne pouvais voir de là où j'étais, mais je comprenais que c'était Zoé, couchée sur le bord de la route, morte. Je me réveillais.

Dans mon rêve, c'était l'été à Balazuc, Étienne, Zoé et moi prenions notre petit déjeuner au jardin, et je leur racontais mon cauchemar. L'accident à V***, devant la boucherie, l'homme au volant, qui avait trop bu. Étienne me disait que j'aurais dû le réveiller, Zoé se moquait de moi : « Mais maman, qu'est-ce que tu t'étais encore imaginé ? Que j'étais morte ? Ça s'fait pas, maman ! » J'ouvrais les yeux et devais faire face à la réalité, le cauchemar de ma nuit.

Je me levais pour gagner la chambre de Zoé et m'allonger sur son lit. Je fixais les étoiles phosphorescentes collées à son plafond. Je ne savais pas si l'une d'entre elles avait été sa préférée. Je ne lui avais pas posé la question et le regrettais.

Quelques jours plus tard, je téléphonai à Samuel pour lui dire que c'était d'accord. Son enthousiasme me fit plaisir. Avant de raccrocher, il me dit : « J'ai bien vu que vous étiez étonnée que je commande un thé quand on s'est vus, vous êtes pas la seule, mais j'aime pas le café et les boissons sucrées. »

Mon acrobate

LA DÉSOLATION

Béatrice Francin habitait dans le Jura, à Lons-le-Saunier. Au téléphone, de son père, Robert Mistras, mort à l'hôpital d'un AVC, à quatre-vingt-un ans, elle me dit seulement qu'il était divorcé, vivait porte de Clignancourt et avait fait toute sa carrière à la SNCF. Son décès la laissait apparemment indifférente. Son déplacement à Paris risquait d'être compliqué. Son mari était restaurateur, il travaillait beaucoup et elle ne se sentait pas le courage de lui demander de l'aide pour l'appartement. Ce qui me vint à l'esprit : elle ne faisait rien sans lui.

Elle souhaitait récupérer les photos dans le couloir, la lampe de chevet en plâtre et un tableau de paysage – mais elle n'était pas certaine qu'il l'ait gardé. Sa voix était douce, elle semblait ailleurs. « Vous pouvez vous débarrasser du reste, pour ce qu'il y a, de toute façon… » Les clés étaient chez la voisine de palier.

La sœur de Béatrice Francin, Charlotte Mistras, vivait à Munich. Elle était soulagée de n'avoir à se préoccuper de rien et que je lui évite le voyage à Paris. « Si vous tombez sur des dessins d'enfant, je veux bien que vous me les envoyiez, mais c'est tout. » Je prévins les deux sœurs que je procéderais comme d'habitude : je filmerais l'appartement lors de mon arrivée, sauf si elles y voyaient un inconvénient. Si elles le souhaitaient, je

Mon acrobate

leur ferais parvenir la vidéo. Elles acceptèrent, mais ne tenaient pas aux images.

Que Samuel commence par cet appartement, sans client à nos côtés, était une bonne idée. Il me serait plus facile de l'observer, de surveiller son travail, et lui serait plus à l'aise. Je changeai d'avis dès la porte franchie.

Robert Mistras habitait dans un immeuble vétuste, boulevard Ornano, au premier étage. La cage d'escalier était sale. Les deux pièces étaient petites et sentaient le renfermé. Il ne devait pas ouvrir souvent ses fenêtres, ce qu'on pouvait comprendre, le bruit de la rue et des voitures étant assourdissant. Les murs étaient nus, si ce n'est un plan de métro au-dessus de la table de cuisine en formica, un calendrier des pompiers dans l'entrée et une petite peinture dans le salon, une scène bucolique, celle que souhaitait récupérer Béatrice Francin. Elle ne devait pas avoir rendu visite à son père depuis des années. La toile avait été accrochée là longtemps auparavant, la marque sur le mur, lorsque je la décrochai, l'attestait.

La vie de Robert Mistras paraissait s'être arrêtée net dans les années soixante-dix. Je comptai dix boîtes de sardines et quatre de maïs dans son placard, un paquet de Petit LU entamé, une bouteille d'huile d'olive, une autre de vinaigre, une salière et un sachet de poivre en poudre. La salle de bains n'était pas mieux lotie, avec deux petites serviettes de toilette et un gant, qui me serrèrent le cœur. Ses factures étaient rangées dans le dernier tiroir de la commode de sa chambre.

Chaque mètre carré respirait la désolation, à l'exception du couloir, égayé par trois panneaux en liège où étaient punaisées des photos de famille. L'une d'elles attirait le regard, un souvenir de son mariage. Il avait pris soin de la coller au milieu du deuxième panneau, à distance respectable des autres. Les nouveaux époux étaient quelconques, ni beaux ni laids. Lui portait un costume gris et une cravate assortie, elle une robe blanche et sobre qui tombait en dessous des genoux, rehaussée de dentelle au niveau des poignets et de la poitrine. Au premier abord, c'était le portrait classique de jeunes mariés prenant la pose obligée devant l'objectif d'un photographe rémunéré. Mais, à le regarder de plus près, on s'apercevait qu'ils s'efforçaient de ne pas éclater de rire. Lui se mordait la lèvre, elle avait la bouche un peu tordue, leurs yeux brillaient.

Sur une autre photo, la jeune femme tenait dans les bras un bébé et sa première fille. Charlotte et Béatrice avaient peu d'années de différence, mais elles ne se ressemblaient pas. L'une était brune et joufflue, l'autre fluette et blonde. Ailleurs, on en voyait une sur un cheval, l'autre sur une plage, sous un parasol, auprès de sa mère. Ou les deux, adolescentes, à côté de leur père, sur une pelouse et sur un terrain de basket, Robert Mistras devait être sportif. Un dernier cliché les montrait à vingt-cinq ans environ, sur un banc, côte à côte, devant une longue table en bois. Elles portaient un col roulé. La brune fixait l'appareil, la blonde regardait sur le côté. C'était la photo la plus récente. Ensuite, les sœurs sortaient des écrans radar.

Il y avait aussi le joli portrait d'une femme, de dos, assise dans l'herbe. Sa robe bleu clair, cintrée à la taille, accentuait sa minceur. On devinait plus qu'on ne les voyait les ongles de ses pieds vernis de rouge. Ses cheveux longs bougeaient sur ses épaules, agités par le vent.

Elle me rappelait la photo de Zoé, de dos elle aussi, debout, à cinq ans, devant la mer, à Saint-Malo. Cet après-midi-là, elle portait son ciré rouge et ses bottes jaunes. Ma fille, minuscule face à l'horizon. C'était la seule photo d'elle que j'étais capable de regarder longuement et je savais pourquoi. On ne voyait pas son visage. Un jour, Étienne rangea dans un carton les photos et dessins de Zoé affichés sur le frigo, la console et dans la bibliothèque. Il y joignit les pochettes, qu'il conservait dans un tiroir de son bureau, contenant, en vrac, des dizaines de photos de Zoé, que, avant l'accident, nous nous promettions tous les ans de réunir dans des albums.

Après la mort de Zoé, il arrivait à Étienne d'agir de manière impulsive, dans des accès de colère dont je ne l'aurais pas cru capable avant. Ce jour-là, il donna en passant de grands coups de pied dans la porte de la salle de bains, revint dans notre chambre, glissa le carton sous notre lit puis se ravisa, le hissa au-dessus de l'armoire. Assise sur le lit, je le regardais faire. Quand il eut terminé, il se mit à pleurer, vint vers moi et posa sa tête sur mes genoux. Je n'esquissai pas le moindre geste, j'y pensai pourtant, je savais qu'il m'aurait fallu être tendre, mais je restai les bras ballants. Des mois plus tard, je remarquai que, sauf sur celle de la chambre de Zoé, le bas de toutes nos portes était abîmé.

Je retrouvai la photo de Zoé sur la plage de Saint-Malo par hasard, coincée entre deux livres, après qu'Étienne fut parti. Zoé aurait dit qu'elle avait senti le coup venir et filé se cacher.

Mon acrobate

Devant les panneaux en liège de Robert Mistras, je me souvins soudain que, dans son portefeuille, Étienne avait une photo de Zoé bébé, prise sur une autre plage, à Cannes. Zoé, bébé bouddha, assise sur une serviette sous un parasol aux fleurs orange et rouges. J'étais certaine que, dans sa bergerie, il l'avait posée sur sa table de nuit ou son bureau.

« Un jour, j'espère que nous serons capables de regarder ensemble les photos de Zoé sans être anéantis. Nous évoquerons tous les moments passés avec elle. Combien elle était drôle, vive et intelligente. Le bonheur qu'elle nous a donné, les souvenirs qui nous habitent, l'amour que nous avons pour notre enfant disparue, personne ne peut nous les enlever », m'écrivit-il dans un mail. Quand Étienne m'envoyait un mail plutôt qu'une lettre, c'est qu'il n'allait pas bien. Il ne se plaignait jamais, mais je le devinais, à sa façon de me dire qu'il croyait toujours en nos retrouvailles, en un avenir commun.

Ma mère et mes tantes lui donnaient de mes nouvelles. Plus fréquemment que je ne le soupçonnais. Elles s'inquiétaient pour lui. Pour elles, son départ fut un coup dur. Étienne était comme leur fils, l'un des rares hommes qu'elles aient accueillis à bras ouverts. Elles étaient fières que leur fille et nièce ait pour compagnon un philosophe, auteur d'essais qui plus est. Je riais quand j'étais dans les parages et qu'elles en parlaient à leurs copines : « Ah bon, tu ne connais pas Étienne Bouillote ? C'est pourtant l'un des philosophes qui comptent, aujourd'hui », alors qu'elles n'en avaient pas entendu parler avant notre rencontre. Elles ne lui trouvaient aucun défaut et étaient d'une invraisemblable mauvaise foi à son propos. Étienne n'était pas mieux, il leur passait tout. Il les adorait. Après une journée ou une soirée passée en leur compagnie, il était toujours un peu cafardeux. J'avais de la chance d'avoir grandi dans une famille comme la mienne, vivante et foutraque, me disait-il. Il aurait aimé pouvoir se défaire une bonne fois pour toutes de ce regret qui revenait le tourmenter de temps à autre, de ne pas avoir su se faire aimer de sa mère. Cette fragilité venue de l'enfance, il faisait tout pour la cacher. Il y parvenait très bien. Sauf avec moi.

Chez Robert Mistras, la solitude suintait des murs, se nichait dans les recoins. Elle ne disparaîtrait pas avec le départ des meubles, dans les pièces vides, en attente de nouveaux habitants. Il faudrait du temps, des rires, des rêves déposés sur un coin d'oreiller, des étreintes joyeuses et impatientes, des fenêtres grandes ouvertes, des danses, de la musique, des enfants qui sautent sur leurs lits en criant, des parents qui les prient de faire moins de bruit pour que la tristesse s'en aille. Il faudrait faire entrer un air neuf et puissant, qui chasserait la poussière grise.

Samuel observa longuement. J'appréciais sa façon de faire. Quand il entrait dans une pièce, avant de parler, il se plaçait au milieu et regardait autour de lui. Samuel faisait connaissance en reniflant. Nombre d'odeurs l'indisposaient. « On dirait de l'artichaut avec de la noix », analysait-il. J'avais beau faire fonctionner mes narines, je ne sentais rien. Tant qu'il n'en découvrait pas l'origine, il continuait à chercher. Samuel était tenace.

« Ça pue le moisi, vous ne trouvez pas ?

— Non... je dirais plutôt le renfermé.

Mon acrobate

— Ah non, ce n'est pas pareil. Là, c'est un vrai bon moisi. Je peux regarder ce qu'il y a dans l'armoire et les tiroirs ?

— Oui, mais ne touchez à rien tant que je n'ai pas filmé. »

Je sortis ma petite caméra. Il voulut savoir pourquoi. « Je filme pour garder une trace avant la dévastation. » Il ne comprenait pas. Samuel ne restait pas sur une incompréhension ou un malentendu. Il réclama de plus amples explications. « Filmer, lui répondis-je, c'est ma façon de dire au disparu : je vais entrer chez vous, tout ouvrir, tout sortir, fouiller dans vos affaires et tout déménager, faire disparaître toute trace de vous, mais il restera quelque chose de votre maison : mes images. » Elles rendaient mon travail moins brutal, ce grand ménage fait par une inconnue qui ne versait pas une larme ou ne souriait pas à l'évocation d'un souvenir commun, puisque nous n'en avions pas, puisque rien ne nous liait.

C'est en débarrassant la chambre de Simone Delpierre, qui serait bientôt occupée par un nouveau résident, que l'idée m'était venue. La directrice m'avait accueillie froidement. C'était la première fois qu'une famille ne venait même pas chercher les affaires d'un de ses malheureux locataires. Elle vérifia mes autorisations et m'accompagna jusqu'à la chambre, qui donnait sur un agréable parc et le portail de la résidence. De sa fenêtre, Simone Delpierre voyait les visiteurs arriver à l'institut et le quitter. Elle devait passer une partie de ses journées à scruter l'entrée, dans l'espoir d'une visite. Je venais faire le sale boulot. Les murs seraient mis à nu, les meubles démontés ou entassés dans un coin, les

Mon acrobate

tapis roulés, les placards et les tiroirs vidés. Mais mes images seraient là pour témoigner – même si, à part moi, elles n'intéressaient personne –, garder une trace de la disparue, de ce qui avait compté pour elle, de son univers au quotidien. Je proposai à la directrice de conserver le mobilier.

Des jours ou des semaines plus tard, il m'arrivait de regarder mes films, pour me souvenir d'eux. Je remarquais des détails auxquels je n'avais pas prêté attention sur le moment, de minuscules initiales sur un mur, une bibliothèque rangée en dépit du bon sens et dont je comprenais après coup la logique, la couleur d'un mur, un matériau qui avait été privilégié…

Samuel me demanda s'il arrivait que des clients refusent que je filme. Oui, mais j'insistais et j'étais arrivée, à une exception près, à mes fins. « Ce que je préfère, c'est filmer. » Il rit.

« Bon c'est pas la joie, chez Robert, par quoi je commence ? »

Je ne fréquentais pas les jeunes de l'âge de Samuel, mais j'étais presque sûre que sa façon de parler n'appartenait qu'à lui. Nous commençâmes par faire l'état des lieux et réfléchir à la façon dont nous allions répartir les affaires. Dans l'après-midi, la voisine de palier nous invita à boire un café. Elle parlait de Robert Mistras en des termes chaleureux. Elle aussi vivait modestement. Je lui proposai de récupérer ce qui l'intéressait chez son voisin, avant de contacter un brocanteur. Elle avait croisé une seule fois les filles de Robert Mistras, des années auparavant. Qu'elles aient délégué le déménagement de l'appartement de leur père à des inconnus faisait son étonnement. Elle était sympathique avec nous, mais scandalisée par le procédé. Robert Mistras possédait peu de biens. Je déposai la montre Seiko qui était dans sa table de chevet dans le carton à l'intention de sa fille Béatrice. Je pris la liberté d'y adjoindre un ravissant vase en céramique et un oiseau en plâtre. Au plafond, les ampoules étaient nues. Celui de la salle de bains était mangé par une tache d'humidité.

Je craignais que Samuel n'ait trouvé sa première journée déprimante, mais je me trompais. Je l'invitai à boire une bière, il commanda un thé. Ses amis se moquaient de lui à ce sujet, « pour eux, c'est une anomalie ». S'asseoir dans un café après le travail devint notre rituel.

« Il faut bien laisser la place, non ? Mais ses deux filles, excusez-moi, Izia, c'est des ingrates. Il devait les aimer, y a que des photos d'elles dans le couloir. Qu'est-ce qui s'est passé pour qu'elles s'occupent pas de l'appart de leur père ? Vous croyez qu'il est mort tout seul à l'hôpital, comme un chien ? »

Il m'inondait de questions auxquelles je n'avais pas de réponses.

« Les deux sœurs n'ont pas été très bavardes. Dans ce cas-là, je n'insiste pas.

— Vous n'avez pas envie de savoir ce qu'il y a eu entre eux ? Vous ne vous êtes pas posé la question ? Moi c'est le genre de trucs, je me fais des films.

— Bien sûr que j'aimerais savoir. C'est ça qui m'intéresse, tenter de retracer le parcours de ces personnes, deviner des traits de leur caractère, résoudre des mystères, trouver un indice qui confirme un pressentiment ou, au contraire, prouve que mon intuition n'était pas bonne. Pour autant, je ne peux pas demander trop de

renseignements à mes clients, ce serait indiscret. Je ne tiens pas tant que cela à connaître la vérité.
— C'est souvent, les enfants qui se désintéressent de leurs parents ?
— C'est la deuxième fois. Que veux-tu, toutes les familles ont leurs secrets, non ? Elles ont parfois vécu de tels traumatismes qu'elles ne veulent pas les réveiller, les exposer au grand jour. Si tu peux t'épargner de retourner dans une maison qui t'a laissé de mauvais souvenirs, ou de fouiller dans les affaires de quelqu'un qui te révulse, ou qui te fait peur, ce n'est pas plus mal, non ? Pourquoi t'infliger cette épreuve ? Les morts ne sont pas tous des gens bien, on le découvre parfois en vidant leurs maisons. Il suffit d'une photo dans un tiroir, d'une lettre qui traîne… On met le nez dans de belles saloperies. Mais je ne juge pas, ça ne me regarde pas. »

Je l'avais tutoyé sans réfléchir et m'en excusai. Ça m'arrange, me dit-il, mais ne comptez pas sur moi pour faire pareil. « Quand même, elles sont zarb', les deux frangines. »

Les gestes et la voix de Samuel étaient un mélange de douceur et de rudesse. Je savais qu'il était inquiet ou nerveux quand, assis, l'une de ses jambes tremblait, quand il se frottait le front, tirait fort sur ses cigarettes. La peau autour de ses ongles était méchamment rongée. Son manque d'assurance, qui disparaissait quand il se mettait au travail, était criant. J'avais l'impression que, si je lui faisais une remarque désobligeante, il perdrait tous ses moyens. Je ne lui en faisais pas, n'avais pas de raisons de lui en faire. Il me demanda si sa mère avait raison de m'appeler coach en rangement. Je lui répondis que oui, même si je détestais ce mot à la mode, coach, qu'on utilisait pour tout et n'importe quoi. S'entendait-il bien avec ses parents ?

« Ça va. Ma mère, elle est infirmière à Fresnes, à la prison. »

Il y avait une pointe de fierté dans sa voix.

« Le soir, à table, elle raconte souvent sa journée. Elle appelle ses patients "mes détenus". Je sais qu'elle les protège comme elle peut. Elle sait raconter et elle sait écouter, vous voyez ce que je veux dire ? »

Oui, je voyais.

« Et ton père ?

— Il est prof au lycée, prof de dessin. Il est sympa, mais c'est un taiseux.

— Tu as des frères et sœurs ?

— Non. »

Samuel plaisait aux filles. Il était beau. Mince, un mètre quatre-vingts, les épaules carrées, la bouche fine et bien dessinée, des yeux d'une couleur étonnante, vert olive, des cheveux châtains coupés très court. En revanche, sa peau était terne, couturée de petites cicatrices, d'acné peut-être. Elles donnaient à ses traits une dureté qui disparaissait quand il souriait ou riait et découvrait ses dents du bonheur. Sa mère l'avait engueulé quand elle avait su qu'il s'était rendu à notre entretien en jogging, avec ses baskets et sa casquette. « Et à l'envers, en plus ! » Est-ce que cela m'avait déplu, ou choquée ? Je le rassurai.

Au fil des déménagements, je me rendis compte que nous étions complémentaires. Il emballait les affaires vite et bien et ne faisait pas dans le sentiment. Doté d'un esprit logique, il ne rechignait pas à en faire davantage

Mon acrobate

s'il le fallait. Moi, je procédais avec lenteur, je m'attachais aux détails et ne voulais pas brusquer mes clients, dont certains abusaient de ma patience, de ma disponibilité. Samuel intervenait au moment opportun, prenait les choses en main et leur faisait comprendre qu'il était temps de se décider. Il avait aussi tendance à voir le bon côté des choses quand je voyais le mauvais. En tout cas chez les gens qu'il ne connaissait pas. En regardant des photos de mariage, je pensais : « Il ne reste plus rien de ce couple heureux, tout cet amour pour quoi ? » Lui : « Putain, ils ont dû s'aimer ces deux-là ! Ils sont cul serré, mais ils vont bien ensemble. »

LA PAUSE-DÉJEUNER

L'état des lieux, avec l'agence immobilière, se déroula sans accrocs. Nous remîmes les clés à l'employée. La voisine de Robert Mistras prit le téléviseur et le portemanteau. Nous passâmes un coup d'aspirateur avant de partir. Je fermai pour la dernière fois la porte de l'appartement qui avait abrité le passé de Robert Mistras.
Il était midi quand nous finîmes de charger le Kangoo. Samuel conduisait. Nous fîmes deux arrêts, chez un brocanteur de la porte de Vanves et au Secours populaire. L'après-midi était bien entamé quand il commença à avoir faim. La veille déjà, j'avais oublié la pause-déjeuner. Je ne pensais pas à me nourrir, j'étais trop maigre. Je mangeais ce qui me tombait sous la main, à n'importe quelle heure de la journée ou de la nuit.

Mon acrobate

Nous nous garâmes du côté de Montparnasse, rue Delambre. Je lui proposai de nous poser dans un bistrot, il préférait manger un sandwich dans le Kangoo. Il revint de la boulangerie en courant, un grand sourire aux lèvres. « J'ai trop la dalle ! » Il me passa un impressionnant thon-mayonnaise qui débordait de tous les côtés. Samuel parlait peu et je m'apercevais à son contact combien j'avais du mal, depuis la mort de Zoé, à soutenir une conversation. J'avais oublié comment on comblait les silences ou relançait une discussion. J'étais moins affamée que lui et lui passai la moitié de mon sandwich, qu'il engloutit. Lui céder une partie de mes repas devint une habitude. Nous devions vider la camionnette dans la petite déchetterie du boulevard Pasteur, mais il tardait à démarrer. Il regardait droit devant lui, les mains sur le volant. « J'ai quelque chose à vous dire. » Son enthousiasme avait disparu, son ton était hésitant. Je pensai à cette seconde précise : c'était trop beau, les galères commencent. « Je vous ai menti hier. J'avais un frère aîné. Il est mort d'un cancer quand il avait dix-neuf ans. Je sais pas pourquoi je vous l'ai pas dit. » Je lui demandai son prénom. « Julien. » S'ils s'entendaient bien. « Oui, ça va. » Combien ils avaient d'années d'écart. « Trois. » Je compris à ses réponses laconiques qu'il ne voulait pas en parler, seulement que j'en sois informée. J'aurais pu lui dire, pour Zoé, c'était l'occasion, mais je n'y parvins pas. Je pensais à l'après, à sa pitié, à son malaise ou à sa stupéfaction. Pire, qu'il pourrait ne pas mesurer le séisme qu'avait provoqué la disparition de ma fille et la prendre à la légère. Y avait-il une réaction acceptable à mes yeux ?

Mon acrobate

LA CHAMBRE

Je regardais les marronniers en fleur. C'était de la fenêtre de la chambre de Zoé qu'on les voyait le mieux. Zoé n'avait pas emporté son Winnie l'Ourson chez Chloé. « Je veux pas qu'elle se moque encore de moi », m'avoua-t-elle pendant que nous faisions sa valise. Je lui promis que tous les jours, après l'avoir eue au téléphone, je donnerais de ses nouvelles à Winnie. « Il doit être patient, tu comprends, neuf jours ça passe vite », m'expliqua-t-elle. Je ne tins pas ma promesse, bien sûr. À l'époque, je ne parlais pas aux ours en peluche.

J'aurais échangé ma vie contre celle de Winnie : attendre le retour de Zoé, assise sur mon lit, les yeux rivés sur la porte, sur les lèvres un sourire immuable, imperturbable, espoir intact. Son sort me paraissait plus enviable que le mien. « Elle ne reviendra pas », « Tu aurais dû l'accompagner ». Maintenant, je lui parlais, à voix haute. Perdre un enfant donne tous les droits. De faire des reproches à une peluche par exemple. Toute honte bue.

C'EST ESSENTIEL DANS LA VIE, MON PETIT

Puis, je fis la connaissance de Mlle Geneviève, une ancienne professeure de danse. À raison de deux heures

Mon acrobate

par semaine, elle avait continué d'exercer jusqu'à quatre-vingt-trois ans, m'annonça-t-elle fièrement. À quatre-vingt-dix, elle portait le chignon haut, rehaussait ses yeux bleus d'un trait d'eye-liner noir, ses lèvres d'un rouge à lèvres carmin et gardait une silhouette de jeune fille, en Repetto des pieds à la tête. Je l'admirais, pour son énergie et sa détermination, mais, moi qui avais du mal avec l'autorité, je n'aurais pas aimé être l'une de ses élèves. Elle habitait rue Réaumur, un appartement de quatre-vingt-dix mètres carrés que lui avaient légué ses parents, chargé des souvenirs de la génération précédente. Elle avait décidé de s'en débarrasser avant sa mort. Faire le ménage avant de mourir – parce qu'elle n'avait pas d'enfants et plus aucun proche qui s'en chargerait après elle – allait de soi.

Sa démarche n'était pas commune. Mlle Geneviève avait en horreur l'idée de jeter. Et elle aimait faire plaisir. Elle tenait à ce que ses biens soient distribués. Elle avait besoin de nous pour les transporter, les ranger, les plier, les livrer et… parler. Ce fut la plus longue de nos missions, un mois entier. Ses grands-parents, puis ses parents avaient tenu un magasin de fourniture d'ustensiles de cuisine dans les Halles. Mlle Geneviève, piètre cuisinière, possédait une fabuleuse collection de terrines en terre cuite, en fonte émaillée et en céramique. Elle fit don d'une partie de ce trésor à une brasserie, à deux pas de la Bastille, où elle avait ses habitudes, de l'autre à un petit-neveu, qui faisait l'école Ferrandi.

Elle parlait de ses aïeux avec tendresse. Mlle Geneviève avait été une enfant aimée. Elle n'éprouvait pas de nostalgie à faire un tri si radical dans ses placards.

Mon acrobate

Ses cartons de mouchoirs en tissu intéresseraient un hôpital, elle en était certaine. Je ne réussis pas à la persuader du contraire avant qu'elle se soit entretenue au téléphone avec une responsable des Hôpitaux de Paris, qui eut le malheur de lui dire que le tissu, dans lequel on se mouchait plusieurs fois de suite, n'était pas hygiénique. La remarque la mit de fort méchante humeur. « Vous savez, j'ai quatre-vingt-dix ans, bientôt quatre-vingt onze, et n'ai connu que les mouchoirs en tissu, alors vous repasserez avec vos règles d'hygiène toutes faites et vos préceptes stupides ! » Elle lui raccrocha au nez. Sa collection de casseroles en cuivre finit dans un musée du Pas-de-Calais. Nous allâmes tous deux, Samuel et moi, la livrer en voiture. Nous cherchâmes une association ou une librairie qui accepterait de reprendre ses vieux ouvrages de cuisine. Le Village du livre, à Sablons, en Gironde, fut intéressé. Samuel fit l'aller-retour en deux jours. Elle leur légua aussi sa collection de cartes anciennes.

La joie de Mlle Geneviève quand elle se débarrassait d'un objet faisait plaisir à voir. Elle se traduisait par une série de pas chassés ou de ronds de jambe qui nous laissaient médusés.

Elle était réticente à l'idée d'inviter des inconnus chez elle – nous étions une exception – et donnait ses rendez-vous à l'extérieur. Nous retrouvâmes la petite-fille de l'une de ses amies, intéressée par ses nappes en tissu, qui pesaient leur poids, dans un café. Elle m'avait demandé de les faire nettoyer au pressing. Mlle Geneviève voulait donner en bon état. Avant de remettre ses petites cuillères en argent à son médecin, elle les avait nettoyées avec soin, en effaçant toute trace d'oxydation.

Mon acrobate

Lucille avait une vingtaine d'années. Elle eut droit de la part de Mlle Geneviève à l'histoire des nappes, où sa mère les avait achetées, où elle-même les avait entreposées. Elle y ajouta les consignes d'entretien. Quand elle en eut terminé, elle changea de sujet. Elle dit à Lucille qu'elle se tenait très mal, qu'elle devrait se mettre au sport. Se tenir droite, un joli port de tête, ça changerait tout à son physique, « quel qu'il soit ». Lucille n'était pas jolie, pas idiote non plus. Elle reçut le « quel qu'il soit » comme une gifle. La première. La seconde ne tarda pas : « Je ne vous connais pas, Lucille, c'est donc plus facile de vous dire ce qui fâche : vous manquez d'élégance, mais il n'est pas trop tard. C'est essentiel dans la vie, mon petit, l'élégance, vous voyez ce que je veux dire ? Avoir de la classe, cela s'apprend et croyez-moi, on vous regardera autrement. Plus tard, quand vous penserez à ce que je vous ai dit, vous me remercierez. »

Je racontai la scène à Samuel, qui n'apprécia pas : « Non mais quelle grosse naze. Si j'avais été là, je te l'aurais renvoyée dans ses vingt-deux, la vieille bique ! Tu parles qu'un jour Lucille la remerciera, elle va faire un trauma toute sa *life*, oui. »

Mlle Geneviève aurait adoré ma petite fille sportive, aux jambes musclées et au port de tête irréprochable. L'ancienne prof de danse se serait montrée sous son meilleur jour, délicieuse et drôle, comme avec les gens qu'elle trouvait à son goût.

Les dix premiers jours, Mlle Geneviève et Samuel gardèrent leurs distances. Entre eux, l'hostilité était palpable. Elle ne l'appelait pas par son prénom mais « jeune homme ». Ça l'horripilait. Leurs rapports changèrent lorsqu'il eut l'idée de mettre sur eBay et Leboncoin ses

Mon acrobate

biens qui n'avaient pas trouvé acquéreur, ses mouchoirs, ses coupes de fruits en verre, son service en porcelaine, mais aussi la machine à coudre, sa vaisselle dépareillée et les pots de chambre de ses grands-parents. Elle voulait comprendre le fonctionnement de ces sites marchands, la manière dont Samuel prenait des photos avec son iPhone, transférait les images sur son ordinateur, les mettait en ligne… J'appris à cette occasion que le « jeune homme » pouvait expliquer cinq fois, dix fois, vingt fois, sans manifester le moindre signe d'impatience ou de découragement. Tous les jours, Mlle Geneviève et Samuel s'installaient côte à côte dans le canapé et surfaient sur les réseaux sociaux. Il lui ouvrit des comptes sur Twitter et Instagram. Le dernier jour, elle lui glissa une enveloppe avec un peu d'argent, pour le remercier de « ses cours en informatique ». Tellement fière et orgueilleuse, jamais Mlle Geneviève n'aurait avoué qu'elle souffrait de la solitude.

Lorsqu'elle découvrit sur Internet que des blogueuses, championnes du *do it yourself*, plantaient des bulbes de tulipes et de narcisses dans des pots de chambre, elle partit d'un immense éclat de rire. « Quand je les vois, mes vieux pots de chambre, je pense à ma grand-mère et à ma mère, qui s'en servaient en pleine nuit, dans le noir. Et je les entends ! Aujourd'hui, donc, on les met sur la cheminée du salon, on y fait pousser des fleurs, et des donzelles contentes d'elles s'exclament "c'est moi qui l'ai fait !". Tout cela est affligeant. Je préférerais encore les jeter que de savoir qu'une godiche va cajoler des géraniums dans les pots de chambre de mes aïeux. » Après avoir découvert que la mère de Samuel travaillait dans une prison, elle proposa d'en faire bénéficier les détenus et apprit à cette occasion qu'ils disposaient de vraies toilettes. Mlle Geneviève garda ses pots de chambre.

6 H 30

Je déjeunais de temps à autre avec les sœurs au restaurant le samedi. J'appréhendais le reste du week-end. Seule et désœuvrée, j'étais vulnérable, empêchée. Une vraie loque. En leur compagnie, je tentais de faire à peu près bonne figure. Je pensais à Zoé, à l'accident, à ce qui aurait pu ne pas avoir lieu, et je pleurais sans retenue. Zoé me manquait infiniment.

Solidaires dans le chagrin, les sœurs avaient vieilli d'un coup. On leur donnait maintenant plus que leur âge. Ma mère, l'aînée, avait soixante-quatre ans. Elle s'était voûtée et son dos la faisait souffrir. Je lui conseillai un médecin, elle me répondit que ses douleurs ne comptaient pas. Ses yeux perdirent leur éclat. Les cheveux de Juliette blanchirent en quelques mois. Elle ne fit rien pour les cacher. Des cernes mangeaient le visage d'Anne. Et moi, je ressemblais à quoi ? Je flottais dans mes vêtements et les poches sous mes yeux me donnaient un air lugubre. Nos corps étaient marqués par la mort de Zoé.

Certaines dates et certaines heures étaient plus que d'autres liées à Zoé. Je les voyais arriver, lourdes de menaces, inéluctables. Les dimanches matin relevaient du supplice. À 8 heures pile, la porte de notre chambre s'ouvrait en grand, Zoé criait « Coucou ! » et sautait sur notre lit pour se blottir entre nous. Étienne faisait semblant de dormir et de ronfler. À califourchon sur son ventre, lui soufflant au visage, Zoé baisait ses paupières pour le forcer à ouvrir les yeux. Nous nous moquions d'elle : n'avait-elle pas passé l'âge ? Nous avions négocié : c'était 8 heures et pas plus tôt. Pour Zoé, qui était un moulin à paroles et une boule d'énergie dès son réveil vers 6 h 30, respecter cette règle exigeait un véritable effort. Aujourd'hui, je m'en voulais de lui avoir imposé cet horaire, de toutes ces heures où nous aurions pu profiter d'elle au lieu de dormir. En y pensant, j'avais honte et m'en voulais. J'aurais donné ma vie pour, une fois, une seule, la voir sauter sur notre lit et la serrer dans mes bras.

6 h 30. Depuis qu'elle était morte, c'était l'heure à laquelle je me réveillais le dimanche. Impossible de me rendormir. J'attendais 8 heures, recroquevillée dans les draps. Les larmes roulaient sur mes joues, je mordais le tissu de l'oreiller pour ne pas hurler. Je regardais la porte, qui ne s'ouvrirait plus.

DES GRANDS-PARENTS COMME ÇA

Avant de partir rencontrer des clients à Lyon, j'acceptai une mission pour un couple très sympathique, Jeannine et Georges Fourlade. Ils étaient sur le point d'emménager dans une résidence pour seniors haut de gamme, où les attendait un deux-pièces. Ils quittaient leur maison en meulière, à Montrouge, qu'ils avaient mise en vente. Ils devaient se débarrasser de la majeure partie de leur mobilier. Ils n'y connaissaient rien et craignaient de se faire escroquer. Ce travail n'était pas tout à fait de notre ressort, mais nous l'acceptâmes. J'admirais leur façon d'envisager l'avenir, à quatre-vingts ans passés. Ils avaient hâte de s'installer et de profiter des services de la résidence. Adieu les fuites à réparer, le jardin à entretenir, les escaliers à monter et à descendre, les courses... Leur pavillon avait besoin d'être rénové, mais ils n'avaient plus l'énergie nécessaire.

Ils espéraient se faire de nouveaux amis. Les leurs étaient presque tous décédés. Un an plus tôt, ils avaient été victimes d'un cambriolage. Dans leur grande maison exposée, ils avaient un peu peur depuis mais n'en parlaient pas. Étonnamment, leurs trois enfants, avec qui, pourtant, ils s'entendaient bien, n'étaient pas au courant de leur projet. Vendre la maison avant qu'ils disparaissent, c'était aussi s'assurer que leur progéniture ne se la disputerait pas à l'heure de l'héritage, lui épargner la tentation du conflit. Les yeux de Jeannine pétillaient : « On leur fera la surprise quand on sera installés. On les invitera tous, un dimanche. Ah, ah, ils vont être drôlement surpris ! » Moi, c'est Jeannine et Georges Fourlade que je trouvais drôles.

Je me renseignai sur les prix de l'immobilier, leur présentai les diverses possibilités qui s'offraient à eux. Ils décidèrent de passer par une agence, où je les accompagnai. Samuel contacta deux brocanteurs, qui firent une offre très basse pour une commode et la table en chêne ; le reste ne les intéressait pas. Jeannine et Georges s'en moquaient. Ils étaient encore sous le coup du montant élevé auquel était estimée leur maison. Je les laissai aux bons soins de Samuel, avec qui ils s'entendaient bien, pour choisir ce qu'ils emportaient, donnaient à leurs enfants et jetaient. Je m'occupai des papiers à réunir pour la vente.

Se charger en leur temps des logements de leurs parents leur avait servi de leçon, confièrent-ils à Samuel. Ce n'était pas un cadeau à faire à ses enfants. La mère de Jeannine habitait à Cannes. À sa mort, sa fille avait fait appel à un brocanteur. Elle n'avait pas prévu qu'il se débarrasserait sur place des meubles dont il ne voulait pas : pour les descendre à moindre coût, il les avait réduits en miettes à coups de masse. « Si j'avais su, j'aurais fait autrement, regrettait-elle. Le bruit du bois qui résiste, craque et cède... Je l'entends toujours aujourd'hui. » Pour lui, ces meubles ne représentaient rien. Pour Jeannine, ils étaient son enfance. En faisant entrer chez eux ces brutes, elle avait trahi sa mère. Elle aurait dû traiter sa mémoire avec plus d'égards. La trahison, ce sentiment qui hantait tous ceux qui pensaient n'avoir pas bien fait les choses. Zoé, elle aussi, aurait haï ce brocanteur. Je l'imaginais s'approchant de lui pour le dissuader de poursuivre son œuvre de destruction, tentant de le convaincre qu'il allait tuer des meubles. « J'aurais voulu des grands-parents comme les Fourlade, me dit Samuel, après coup. Les miens, c'étaient des abrutis. Souvent on en a un ou deux qui sont sympas mais moi, pas de bol, les quatre se valaient. »

PAPALOSOPHIE

La maison des Fourlade jouxtait une école primaire. De chez eux, on entendait la sonnerie qui rythmait les

Mon acrobate

heures, les cris des élèves pendant la récréation. C'était une épreuve. Je fermais la fenêtre du salon. Dans mon quartier, je prenais soin de ne pas sortir de chez moi si je risquais de croiser des enfants sur le chemin de l'école, de tomber nez à nez avec des petites filles qui auraient ressemblé à Zoé, ou avec ses amies. Le jour où je pris congé des Fourlade, je ne prêtai pas attention à l'heure. Il était 16 h 30. L'heure de la sortie. Tête basse, je contournai les adultes devant le portail d'un pas rapide, pour m'éloigner des enfants. Mais le mal était fait. Je m'adossai à un arbre, un peu plus loin dans la rue, pour faire le vide, réguler ma respiration. C'était un mardi. Tous les mardis, Étienne allait chercher Zoé. Ils ne rentraient pas directement, faisaient halte chez le glacier ou à la crêperie. Zoé lui racontait sa journée. Étienne en profitait pour relever un mot, une expression, une anecdote et en tirer pour sa fille une courte leçon de « papalosophie », comme elle les appelait.

J'avais envoyé un mail à Étienne pour lui demander s'il se souvenait de leur dernière conversation papalosophique. « Oui, me répondit-il. Et même, j'y pense souvent. Zoé m'a parlé d'un garçon qui était dans sa classe, Lucas. "Tu vois papa, on dirait qu'il fait rien pour être content. Il reste dans son coin, il vient pas vers nous et il sourit pas. À ton avis, qu'est-ce qu'il a ?" Je ne connaissais pas Lucas, mais je lui ai répondu que, parfois, nos ennuis prennent le dessus, qu'ils nous empêchent d'aller vers les autres, de voir ce qu'il y a de bien chez eux. Je lui ai aussi parlé de mon enfance. Je ne lui ai pas dit toute la vérité, je suis resté évasif au sujet de mes frères notamment.

Mon acrobate

Elle m'a demandé pourquoi je ne m'entendais pas avec mon père, pourquoi ma mère était partie et ne m'avait pas emmené. Elle m'a dit ça, qui m'a fait un bien fou : "Tu devais être un bébé tout mignon, en plus." Puis je l'ai amenée à réfléchir à des questions comme : est-il possible d'être pleinement heureux ? de n'être troublé, touché par rien qui vienne d'en dehors de toi ? J'ai même cité Épicure. Tu sais ce qu'elle en a conclu ? Que "les choses tristes, il faut les cacher dans un meuble qui nous aime bien chaque fois qu'on peut. Faire comme si elles n'étaient pas là, tu crois pas ?" Je lui ai dit qu'elle avait raison. Si elle avait été un peu plus âgée, je l'aurais incitée à aller plus loin, à se demander ce qu'elle entendait par "chaque fois qu'on peut". »

Ni Zoé ni son père n'avaient évoqué ce dialogue avec moi. Je me demandais pourquoi. Je crois qu'il fut le début d'un secret entre eux deux amené à évoluer et à s'étoffer. Zoé aurait à nouveau interrogé son père sur son enfance. Il était prêt.

ÉTIENNE

Je voulais être plus fort. Moins naïf. Ne pas me laisser malmener par ces croyances idiotes : que si j'avais pardonné à mon père, gardé le contact avec mes frères, Zoé ne serait pas morte. Si je n'avais pas tout misé sur la philosophie qui m'avait indiqué le chemin à suivre, me protégeait de la houle et des courants, si je n'avais pas tout fait pour bâtir un amour neuf avec Izia et érigé autour de nous trois des remparts qui les tiendraient à distance, les vivants et les morts de ma jeunesse, moi le philosophe sûr de ses choix, loin d'une mère absente par ma faute – pas moins que ma naissance et cette croyance-là, il était impossible de m'en défaire –, des coups qui pleuvaient, d'un père qui laissait faire, la mort de Zoé n'aurait pas eu lieu.

Le destin m'a puni, voilà ce que je me figurais au fond de moi quand je divaguais et cherchais une raison au drame qui nous avait frappés. Les dieux se sont vengés, c'est ça ? Pauvre Étienne, pensai-je, tu es descendu bien bas.

LE VÉLO ORANGE

C'est après un rendez-vous chez les Fourlade, pour leur faire signer des documents, que je le découvris dans la vitrine, un peu en retrait, à moitié caché par les vélos pour adulte. Un vélo pour enfant, orange vif.

Orange, la couleur préférée de Zoé, symbole de joie, de force, d'énergie et d'ambition. Je revoyais ma fille dans la voiture de la mère de Chloé, prête à partir pour V***, dans son jean et son sweat préféré, gris avec des pois orange, et ses Converse, orange elles aussi. Combien de ses jouets étaient orange ? Les canards avec lesquels elle s'amusait dans son bain, bébé, sa malle en métal, la piscine gonflable de Balazuc, sa housse de couette préférée, semée de mandarines. Un jour, le chien du voisin planta ses crocs dans le Casimir en caoutchouc que lui avait offert l'une de mes amies. Le gentil monstre au gros ventre ressortit de la gueule du chien tout aplati. Zoé n'y était pas très attachée, mais elle imaginait qu'il avait dû avoir très mal. Pas question de s'en débarrasser. Nous le rafistolâmes tant bien que mal, puis elle l'installa sur le bord de la fenêtre de sa chambre. Il y serait bien, assurait-elle, puisque, faute de pouvoir marcher, il verrait le paysage. À en croire Zoé, quand il n'y avait plus ni humains ni animaux alentour, les objets inanimés allaient et venaient à leur guise. Je n'oublierai jamais sa joie, immense, sa satisfaction, quand, dans *Toy Story*, à peine le petit garçon, Andy, sorti de sa chambre, ses jouets reprenaient vie. « Tu vois maman, c'est comme ça que ça se passe ! »

Pour les murs de sa chambre, Zoé avait choisi un orange de chez Libéron, le sinagot – l'occasion d'apprendre ce qu'est un sinagot, magnifique vieux gréement aux voiles orange, utilisé par les pêcheurs du golfe du Morbihan. Alors que nous regardions des photos sur Internet, Zoé nous demanda si, un jour, nous pourrions dormir sur un voilier, et y faire la cuisine. Une bonne idée, que nous nous étions empressés d'oublier. Elle était morte sans avoir accompli ce rêve. Il devait en voir, Étienne, des bateaux. Et songer lui aussi au vœu non exaucé.

J'entrai dans la boutique et achetai le vélo. C'était absurde. « Avec un vélo pareil, si elle ne devient pas une championne ! » s'exclama le vendeur, content d'avoir affaire à une cliente si peu regardante, impatiente de payer et d'emporter l'engin. Ma mère et mes tantes, lorsqu'elles le découvriraient, verraient dans mon geste l'ombre de la folie. Peu m'importait, c'était le vélo de Zoé. Je le posai dans le salon, m'assis face à lui et l'observai. Il était très joli mais trop petit pour elle, qui aurait bientôt onze ans. Je n'y avais pas pensé en l'achetant. Ce soir-là, je pleurai longtemps. Je ne pouvais pas lutter contre les jours qui passent.

Étienne m'envoyait tous les soirs une photo de coucher de soleil. Il m'arrivait d'y percevoir les mêmes lueurs orangées que sur les murs de la chambre de Zoé, quand le soleil passait de l'autre côté de l'immeuble. Étienne était persévérant. Il ne les accompagnait d'aucun

Mon acrobate

commentaire, mais je supposais que les clichés étaient pris de chez lui. On y distinguait parfois une pinède, avec une vue dégagée sur des collines. Sur d'autres images, le soleil disparaissait derrière les toits de Marseille, sans doute près de la fac. Parfois, on le devinait derrière les nuages plus qu'on ne le voyait, mais quelle que soit la météo, Étienne prenait une photo. Je l'imprimais, marquais la date et la punaisais au mur de notre chambre. Un jour, je manquai de place. Après avoir décroché les deux tableaux, je poursuivis dans le couloir. On aurait dit l'appartement d'une dingue. Ses photos étaient le fil qui me reliait à Étienne, ma façon de lui signifier : « Je n'arrive pas à te parler, à aller vers toi, je peux tout juste te poser des questions, mais je pense à toi et à nous. »

Quand Étienne partit sur la piste des loups du Vercors, il m'envoya six photos, six soirs de suite. Un halo de lumière pâle perçait à travers la blancheur du ciel et la cime des sapins, à perte de vue.

Pendant deux jours, en juillet, le flux des couchers de soleil se tarit. Je m'en inquiétai. J'appris par ma mère qu'Étienne était tombé malade, une grippe estivale, quelques heures avant l'anniversaire de Zoé.

Sur mes murs, je contemplais sept cent soixante-douze couchers de soleil.

Je savais pourquoi Étienne m'envoyait des photos de couchers de soleil et rien d'autre. Pendant des années, nous avions choisi des destinations de vacances en fonction des plus réputés à travers le monde. Nous étions partis à Zadar en Croatie, sur la dune du Pilat dans le Sud-Ouest, à Los Angeles pour voir celui du Griffith Observatory, à Santorin en Grèce et à

Mon acrobate

Rivière-du-Loup au Québec. Puis Zoé est née. Nous avons moins voyagé, passé nos étés à Balazuc. Personne n'aimait les couchers de soleil comme Étienne.
Je voulais qu'Étienne soit heureux.

OÙ COURENT DOUCEMENT MES MÉLANCOLIES

À Lyon, nous avions rendez-vous avec Nicolas et Élise Parmentier, un frère et sa sœur. Ils devaient vider la maison de leurs parents, sur l'île Barbe. Ils nous avaient réservé deux chambres, dans un hôtel près de leur domicile. Pourquoi, alors qu'ils ne roulaient pas sur l'or, ne nous avaient-ils pas plutôt accueillis chez eux ? Je ne le sus jamais. Il était un peu plus de midi lorsque nous garâmes le Kangoo sur le parking de l'hôtel. Nos chambres n'étaient pas prêtes. Nous ne connaissions pas Lyon, je proposai à Samuel de nous promener sur la presqu'île avant de rejoindre les Parmentier, à 16 heures. « D'accord », me répondit-il d'un ton las. J'en déduisis qu'il n'était guère tenté mais n'osait pas dire non. Avec lui, je me sentais souvent maladroite. J'aurais aimé que nous parlions et travaillions d'égal à égal, mais c'était compliqué. Je le tenais à distance, pas par respect de la hiérarchie, mais parce que je ne voulais pas qu'il s'immisce dans ma vie privée.

Mon attitude était paradoxale, j'en convenais, et la méprise totale. Il eût fallu tout lui expliquer. Pourquoi j'avais choisi ce métier, pourquoi je menais une vie si solitaire. Pour cela, je devais parler de Zoé, de l'avant et de l'après-Zoé, et je m'y refusais.

Mon acrobate

Après une morne balade autour de la place Bellecour et sur les quais de Saône, nous reprîmes la voiture, direction l'île Barbe.
Je ne m'attendais pas à trouver une maison si belle. Avec ses murs ocre et ses volets de bois vert, les deux verrières en fer forgé et la piscine bordée de palmiers, la Villa Rose ressemblait aux manoirs romantiques du lac de Côme.
Elle me rappela notre premier voyage italien en voiture, avec Étienne, autour de Milan. Nous avions du temps, ne nous étions pas fixé de date de retour. Nous vivions dans l'illusion que ces vacances en Lombardie pourraient durer des mois. Je n'osai pas dire à Étienne avant notre départ que conduire sur les ponts était compliqué pour moi. La sensation de vide me tétanisait, mes mains devenaient moites en quelques secondes, mes membres se crispaient. J'espérais que sa présence à mes côtés ferait disparaître comme par magie ce blocage ridicule. Étienne m'avait caché qu'il devait prendre sur lui pour ne pas céder à la panique lorsqu'il était au volant dans un tunnel. Sur ces routes où les ponts et les tunnels sont légion, nous passions notre temps à échanger nos places. Notre voiture n'avait pas la clim, nos corps étaient brûlants, comme le soleil, les camions pressés d'arriver suivaient leurs propres règles, roulaient avec férocité. Par la suite, passer d'un siège à l'autre de l'habitacle devint une habitude. De même que je croyais, enfant, que toutes les sœurs s'adoraient, Zoé pensait que tous les couples fonctionnaient comme nous au volant.
Durant ce périple, je fis découvrir à Étienne Lucio Battisti, l'un de mes chanteurs préférés, mort trop

jeune, à cinquante-cinq ans. C'est pour lui que j'avais appris l'italien. Nous l'écoutâmes en boucle pendant dix jours, en particulier *I giardini di marzo*. Je traduisais les paroles à Étienne. « Et un amour immense/ Et puis encore de l'amour pour toi/ Fleuves bleus et collines et prairies/ Où courent doucement mes mélancolies. »

Pour la première fois depuis notre séparation, j'eus envie de rejoindre Étienne dans sa bergerie. Pour reprendre la route avec lui. Laisser filer les jours l'un après l'autre, sans but. Me remémorer ce séjour en Italie, un souvenir dont Zoé était absente, fut comme une éclaircie dans le ciel noir.

Nous n'avons pas su nous consoler l'un l'autre, pas même nous apporter un semblant de réconfort, d'apaisement, de répit. Au contraire, la puissance de notre chagrin, sa violence, sa vastitude nous éloignèrent. Nos douleurs ne pouvaient se joindre. Nous étions des bêtes à l'agonie.

Après la mort de Zoé, nous avons refait l'amour, une fois. Il y avait de la douceur et beaucoup de prudence dans nos gestes. Tant de précaution nous rendait maladroits, on aurait dit deux ados timides et débutants. De ce corps à corps sourdait notre nouvelle vulnérabilité. Nos gestes manquaient de naturel, nous craignions de mal faire, de réveiller un désespoir trop intense, qu'un geste vienne tout gâcher. Nous étions sur nos gardes, méfiants vis-à-vis de nous-même et de l'autre, de nos réactions. Il eût fallu que l'amour physique, au moins, sorte indemne de notre tragédie. Baiser, pour retrouver un semblant de légèreté. Jouir pour oublier. Mais c'était au-dessus de nos forces. Nous pleurâmes dans les bras l'un de l'autre.

Mon acrobate

LA VILLA ROSE

Nicolas et Élise nous attendaient dans le jardin. Elle ne m'avait pas précisé qu'ils étaient jumeaux, mais cela sautait aux yeux quand on les voyait côte à côte. Ils avaient les cheveux très frisés, très bruns, et leurs yeux étaient d'une couleur peu commune, proche du gris souris. Ils partageaient même leur démarche, le haut du corps penché en avant, leurs grands pas d'échassier et leur silhouette dégingandée.

Nous commençâmes par un tour du jardin. La végétation était dense. Parmi elle, des palmiers, un tilleul, des lauriers-roses, un plumbago et un bougainvillier, qui courait le long du mur, à l'arrière. Ces plantes me ramenaient à Balazuc, où ma mère et Zoé, en pyjama, un arrosoir à la main, son biberon dans l'autre, s'occupaient du potager et discutaient des plantations. Hélène aimait partager avec Zoé son amour des roses. Si un jour j'allais mieux, si j'en avais le courage, je prendrais ma mère par le bras pour retourner voir ses roses. Je l'écouterais me parler de ses fleurs. Elle m'indiquerait les robustes, les effleurant du doigt, m'expliquerait pourquoi d'autres sont plus fragiles, timides ou discrètes, me ferait sentir des parfums d'agrumes, mes préférés. Quand ce genre d'images me prenait par surprise, il était trop tard pour les chasser. Alors, je fermais les yeux, pour les voir de plus près. Je ne sais combien de secondes, de minutes duraient ces absences, ni comment je pouvais m'extraire du présent avec une telle facilité. La conversation m'échappait. Je m'arrêtai et détournai la tête, faisant semblant de m'intéresser à un détail. J'avais appris à mentir avec mon corps et mes silences.

Puis, je posai une question idiote, sur l'entretien de la piscine.

Je les sentais réticents à l'idée de nous faire entrer. Samuel avait disparu. Élise et Nicolas me parlaient d'eux, pas de ce qu'ils attendaient de nous. Nicolas était libraire, elle médecin généraliste. Le frère gagnait modestement sa vie. Une librairie dans une zone commerciale près de la sienne avait rendu sa situation encore plus précaire. J'essayai de faire en sorte que la conversation entre nous soit plus fluide, mais ils étaient mal à l'aise. « Ouah ! c'est incroyable, ici, non ? » s'exclama Samuel, en surgissant de nulle part. Sa spontanéité et son enthousiasme nous firent du bien. L'atmosphère se détendit. « Vous avez grandi là ? » demanda Samuel. « Oui, lui répondit Élise, nos parents ont acheté cette maison deux ans avant notre naissance. » « Trop de la chance », répliqua Samuel d'un air songeur. « Trop de chance, oui », répéta Élise. « Allez, on vous fait visiter et on vous explique ! » coupa Nicolas.

C'était une demeure à la fois bourgeoise et atypique. Nous passions de pièce en pièce, toutes très grandes, hautes de plafond, une cheminée dans chaque. Élise et Nicolas nous suivaient, silencieux. Le rez-de-chaussée desservait un salon, une salle à manger, une cuisine, une chambre et une salle d'eau. Le premier et le

Mon acrobate

deuxième étage accueillaient chacun trois chambres et trois salles de bains. Les murs étaient peints d'une couleur, les boiseries d'une autre, les salles de bains couvertes de ravissants carrelages anciens. Au premier, l'escalier, monumental, en chêne foncé, donnait sur une galerie. Les montants de la rampe étaient à double balustre.

Sur toute la hauteur de la villa, on pouvait admirer, en montant ou en descendant l'escalier, d'étonnants vitraux, qui dataient de sa construction, en 1907. Ils représentaient des scènes animalières, au bord d'un fleuve, dans une prairie, et les vendanges. Ils étaient l'œuvre de son premier propriétaire.

Leur père était mort quatre mois auparavant. Les enfants n'avaient touché à rien. La Villa Rose était un petit musée aux nombreux trésors. « Ma sœur et moi pouvons vous raconter l'histoire de chaque objet, s'anima brusquement Nicolas. Nos parents étaient antiquaires, de vrais passionnés. Ils ont été déçus qu'on ne prenne pas la relève. Tout leur argent est passé dans cette maison, c'est pour ça qu'elle est si bien entretenue. » « Nous avons refait nos calculs cent fois, poursuivit Élise, nous ne pouvons pas la garder, ça coûterait trop cher, nous ne gagnons pas assez. » Nicolas renchérit : « Ça serait jouable si nous y vivions à l'année, mais je n'ai aucune envie de quitter Grenoble et Élise travaille à Paris. À l'heure où je vous parle, il faut refaire l'étanchéité de la piscine, réparer la fuite dans la salle de bains du haut, repeindre les volets du deuxième. Vendre est un crève-cœur, c'est réduire à néant l'œuvre d'une vie. Cette maison, c'était leur fierté. » La trahison, toujours… La vente de quelques meubles et des tableaux ne pourrait-elle subvenir aux frais ? Un an, pas plus, me répondirent-ils. Les antiquaires, des connaissances de leurs parents pour la plupart, leur avaient déjà fait des offres.

Les placards, les tiroirs, les dessertes, les bahuts, les commodes regorgeaient d'objets, de photos, de lettres, de valises, de vaisselle, de vêtements, de jeux, de disques, de draps, de plusieurs collections de pipes, de cannes, de carafes… On aurait dit que quatre générations s'étaient succédé là. L'entreprise paraissait démesurée. « Nous devons tout débarrasser. Il faut que vous nous aidiez. On a essayé, on n'y arrive pas. On entasse des cartons pleins d'objets à bazarder près de la porte et le lendemain, on se dit que c'est impossible et on les remet là où ils étaient. À votre avis, combien de temps nous faudra-t-il, à quatre ? » interrogea Nicolas. Je calculai : sept jours, à raison de dix heures par jour. Une chance : les greniers étaient presque vides.

Ils nous racontèrent autour d'un café qu'après la mort de leur mère les choses avaient changé. La villa s'était refermée sur elle-même, leur père avait doucement décliné. « Ils étaient fusionnels. Nous, on a raté nos vies amoureuses. Avec ma sœur, on a réalisé que leur couple était un modèle et que nous nous comparions à eux en permanence. Résultat, nous avons divorcé, tous les deux », sourit-il. Et vous, vous avez des enfants ? Je m'attendais à cette question, mais ne pus m'empêcher de lui répondre sèchement. Je sentis le regard insistant de Samuel peser sur moi.

Ce soir-là, nous dînâmes dans un bouchon, le Café du Jura, que nous avaient conseillé les jumeaux, sur la presqu'île. Samuel était morose depuis que nous avions

quitté la villa. « Tu en penses quoi ? lui demandai-je. »
« Ils ont des problèmes de riches. Elle serait à moi, je ne serais pas près de la vendre, cette maison. Ils ont qu'à apprendre à bricoler. Après, leurs meubles, c'est pas mon truc, c'est mastoc, ça fait vieux. »

La conversation bifurqua sur ses projets. Il économisait pour partir au Canada, un an au moins. C'était le voyage de ses rêves, « pour les grands espaces ». L'idée avait germé après qu'il avait regardé une série sur Netflix. Mais comment faire sans abandonner sa mère ? Tout serait plus facile si son père était plus vaillant.

Je lui dis qu'il ne devait pas s'interdire d'avoir des projets, qu'à son âge il était normal de vouloir être indépendant. Son histoire n'était pas la leur. Mais il ne m'écoutait pas. « On n'en parle pas, avec ma mère, mais je vois bien qu'elle a les jetons que je me barre. Les imaginer en tête à tête, ça me rend nerveux. Ils arrivent plus à faire l'un avec l'autre. Il leur fallait Julien pour exister à deux. Ma chambre vide, après celle de Julien, mes parents qui se regardent dans le blanc des yeux, ça me fait flipper grave. Et vous, vous avez quelqu'un dans votre vie ? » Il avait pris sur lui pour me poser la question, brutalement, en regardant ailleurs. Je lui parlai d'Étienne, de nos années ensemble et de notre séparation. Il vivait dans l'arrière-pays provençal, maintenant, dans une ancienne bergerie, près de Marseille, où il enseignait la philosophie. « Ouah, philosophe ! La classe à Dallas ! C'est une tronche, quoi », s'exclama-t-il. Samuel s'était détendu, d'un coup. « Vous vous parlez encore ? » J'hésitai à lui dire la vérité. Je ne voulais pas lui mentir, mais ma réponse risquait d'en entraîner d'autres, plus délicates. « Il m'écrit qu'il m'attend, il m'envoie des photos de couchers de soleil. » Il voulut savoir si j'étais allée le voir. Je lui dis que non, c'est compliqué, nous deux, pour des tas de raisons. Je ramenai la conversation à lui.

S'il partait vivre ailleurs, sa chambre vide n'aurait pas pour ses parents la même signification que celle de son frère. Il serait loin, certes, mais bien vivant, heureux, dans un pays qu'il avait choisi. « Quatorze mois à attendre quelqu'un, c'est pas rien, quand même », se défendit-il lorsque nous nous levâmes pour partir.

Je me jurai que, le jour où je parlerais de Zoé à Samuel, je ne pleurerais pas.

« C'est comment chez toi ? » J'envoyai un SMS à Étienne au milieu de la nuit. Jusque-là, je ne m'étais pas intéressée à sa maison. Il ne dormait pas. Il me répondit immédiatement : « Sommaire, efficace, aérien. »

Le lendemain matin, nous retrouvâmes les jumeaux. En prenant le café, Nicolas parla encore de ses parents. Il racontait bien, des histoires nombreuses sur leur couple, qui avait beaucoup voyagé et s'était investi dans la vie politique locale. Ils m'autorisèrent à filmer la maison avant que nous dérangions tout. Ils trouvèrent l'idée excellente. Ils seraient contents de revoir ces images avec leurs enfants. Élise insista pour que je n'oublie pas les vitraux. Lorsque son fils était petit et n'arrivait pas à dormir, elle s'installait avec lui dans l'escalier et le berçait face aux vitraux. Ils avaient eu sur lui un pouvoir hypnotisant. Dans la vidéo, il y a une scène que j'aime beaucoup : Élise regarde le jardin par la fenêtre de la cuisine, elle tient une photo entre ses mains, de la maison, quarante ans auparavant, sans la piscine. La terre y est en friche.

Mon acrobate

LUNETTES NOIRES

Samuel était arrivé cinq minutes après moi dans la salle du petit déjeuner. Il m'avait saluée de loin et s'était installé, à ma grande stupéfaction, à l'autre bout de la salle. Il me tournait le dos. Pour le voir, je devais me pencher légèrement en avant. Il dévorait ses tartines, le nez dans son portable. Il jouait. J'étais vexée. Nous nous retrouvâmes sur le parking. Il voulait conduire et je lui passai les clés, sans un mot. Avant d'arriver chez Nicolas et Élise, je lui demandai pourquoi il m'avait à peine dit bonjour et pourquoi il avait déjeuné seul. Étais-je si emmerdante ? Je comprenais que ce travail ne soit pas la panacée, mais il pouvait faire un effort et montre de politesse, nous étions amenés à passer quelque temps ensemble, ce serait plus simple. Il se récria : « Oh là, calmos, c'est juste que je pensais que vous seriez mieux toute seule. Vous êtes là, avec vos lunettes noires dès le p'tit déj', comment je peux savoir, moi ? Je cause pas beaucoup, d'ailleurs, ma mère, elle me le reproche aussi, mais qu'est-ce que vous voulez que je vous dise ? Vous êtes sur vos gardes, tout le temps. Dès que quelqu'un vous pose des questions sur vous, vous devenez hyper-zarbi. Alors moi, j'ose pas, je me dis que vous êtes mieux dans votre coin, tranquille. Je sais pas pourquoi vous êtes comme ça, mais ces choses-là, je les sens. Que vous voulez pas qu'on

Mon acrobate

vous pose des questions sur vous. Je me trompe ? » Il avait raison. J'étais de mauvaise humeur, j'avais mal dormi, je lui présentai mes excuses. J'étais ridicule. Il se radoucit : « Au sujet du taf, vous avez tort. Je suis très content de pas être payé une misère à passer des codes-barres devant un écran dans un supermarché ou à emballer des iPhone. Mais y a pas que ça. J'aime bien ce qu'on fait, j'aime bien l'ambiance, c'est jamais pareil, même si je pense que les gens sont vraiment tous tarés. Ça me va bien, tout ça. »

Je le regardai sans rien dire. Il sourit.

ÉTIENNE

J'ai descendu dans le Sud le sac en plastique de l'hôpital, avec les vêtements de Zoé. Son jean, son T-shirt, son blouson déchiré au niveau du coude droit, sa culotte, ses chaussettes, ses baskets, sa barrette. Dans une poche arrière de son pantalon, j'ai trouvé un chouchou. J'ai rangé le sac derrière mes chaussures. Je ne l'ai ouvert qu'une fois, quelques jours après l'enterrement. À Paris, il était caché dans mon bureau. C'est étonnant qu'Izia n'ait pas demandé ce qu'étaient devenus ses vêtements, alors qu'elle a très vite réclamé sa valise puis rangé ses affaires dans sa chambre, exactement comme avant. Je ne savais pas quoi faire de ce sac. Je ne voulais plus l'ouvrir, parce que j'y chercherais son odeur, caresserais les tissus et finirais le cœur en miettes. Je refusais de succomber à ce chagrin-là, mais me débarrasser de ce sac était impensable. Ma culpabilité serait trop grande, elle me rongerait. Je traînais ces vêtements comme un boulet. Il n'y a pas de solution, ni aujourd'hui ni demain.

LES BÉQUILLES

Chaque soir, nous rentrions tard à l'hôtel. Manger, plonger dans un bain et dormir, nous n'avions de force pour rien d'autre. Nous faisions monter des plateaux-repas dans les chambres.

Nicolas en voulait à son père de ne pas avoir préparé la succession, ni anticipé la question de l'entretien, qui se posait après sa disparition. Il savait pourtant que ses enfants ne pourraient en payer le prix. Il avait eu tout le temps d'y réfléchir. Nicolas le soupçonnait de s'être simplement dit qu'après lui viendrait le déluge et que ses enfants s'en accommoderaient. De ne pas s'être soucié de les alléger du poids de cette culpabilité-là.

Une semaine n'était pas suffisante pour venir à bout de la Villa Rose. Nous prolongeâmes, trois jours, pendant lesquels les jumeaux continuèrent à se remémorer devant témoins leurs souvenirs d'enfance, Nicolas surtout, plus bavard que sa sœur. Nombre d'objets étaient liés à des moments de bonheur. J'achetai de grosses boîtes en carton et des housses, que nous tapissions de papier bulle. Ce fut plus long que prévu, ils me faisaient confiance. Le mobilier était de toutes les époques, mais le mariage fonctionnait, par je ne sais quelle alchimie mystérieuse. Nous jetions ce qui était sans intérêt, cassé, irréparable, malgré les inévitables « ça peut toujours servir ». Ils faisaient des sélections,

Mon acrobate

pour leurs enfants, leurs proches. Accompagné par le meilleur ami de Nicolas, Samuel multipliait les allers-retours à la déchetterie et au Secours populaire.

J'eus l'idée de faire un grand feu dans le jardin le premier soir avec tous les papiers, cartons et vieux journaux inutiles. Cela leur plut. Je les laissais tous les deux devant les flammes. Je les observais d'une fenêtre du premier étage de la maison.

Ces feux me rappelaient ceux que nous faisions avec nos copains et les enfants en vacances. C'est moi qui les lançais et les entretenais, j'y arrivais mieux que tout le monde. Zoé aimait jouer à la chandelle. Je nous ai dessinés, tous, assis autour du feu, un enfant courant derrière notre cercle, nos ombres s'étirant devant nous, mais je ne sais pas ce qu'est devenu ce dessin.

Les parents des jumeaux raffolaient des fêtes et des grandes tablées. Cette maison s'y prêtait. On ne comptait plus les photos où ils posaient autour du barbecue, dans le jardin, au bord de la piscine, toutes générations confondues. Il y eut, paraît-il, des soirées mémorables. Les Parmentier étaient l'incarnation de la famille heureuse. Ils avaient pourtant bien dû connaître des coups durs, des déceptions, mais il n'en restait pas trace. Samuel ne croyait pas à cette image idyllique : « Si les Bisounours existaient, ça se saurait. »

Élise s'abîmait dans les flammes, perdue dans ses pensées. Trier les affaires de ses parents était plus difficile pour elle que pour lui. Ils retrouvèrent leurs lettres d'amour. Ils en lurent une ou deux, mais la gêne était trop forte. Elles terminèrent dans les flammes, à mon grand étonnement. « À quoi bon les conserver ? Nous n'avons pas envie de les lire, c'est trop intime. Et plus tard, nos enfants les auraient récupérées. Ou des inconnus... Nos parents ne l'auraient pas voulu. » Plus les jours passaient, plus jeter devenait facile. Trop, à mon goût.

Je surpris une conversation téléphonique. Élise s'inquiétait des arbres du jardin, que les futurs acquéreurs pourraient s'aviser de couper pour gagner de la luminosité au rez-de-chaussée. Je comprenais ses craintes. Si un jour je devais vendre la maison de Balazuc, je serais fort peinée que ses nouveaux propriétaires détruisent la roseraie de ma mère.

Samuel me fit remarquer que je plaisais à Nicolas. J'en doutais. « Ah ouais ? Vous voyez rien ou quoi ? Trois fois par jour, il vous demande ce que vous voulez boire, si tout va bien, dès que vous portez un carton, il vous l'enlève des bras comme si vous étiez en sucre, il vous fait des grands sourires. Et ne me dites pas que vous n'avez pas fait attention à la façon dont il s'habille. Ça fait deux jours qu'il met des petits polos et qu'il se rase. La tronche qu'il a faite quand il m'a vu arriver hier matin, tout seul, ça m'a fait marrer, ça m'a énervé, aussi. Alors, quand il m'a demandé à quelle heure vous arriviez, j'ai dit que je ne savais pas. Désolé, j'ai pas pu m'empêcher de le chercher. »

Nicolas m'invita en effet à dîner. Je trouvai un prétexte. Il n'insista pas. Élise m'offrit une broche ayant appartenu à sa mère, un très joli myosotis entouré de petites pierres jaunes, et à Samuel un backgammon en bois. Son père lui apprendrait, la remercia-t-il. Élise : « renfermée, inquiète, attentionnée ».

Le jour de notre départ, nous déjeunâmes avec Nicolas, dans un restaurant en bord de Saône. Élise était déjà repartie. Il commanda des grenouilles.

Mon acrobate

Lorsqu'elles arrivèrent, Zoé prit place à mon côté. Les bras serrés sur sa poitrine, les yeux écarquillés devant le plat de cuisses cuites dans l'ail et le persil. Elle dévisageait Nicolas, interloquée et dégoûtée.

J'étais privée de la chambre de Zoé depuis des jours, il était temps que je rentre. Pour retrouver sa présence, me rapprocher d'elle, il me fallait sa chambre. Étais-je un cas à part ou tous les parents orphelins de leur enfant éprouvaient-ils les mêmes sentiments ? Cherchaient-ils le même genre de compensation, pour garder près d'eux leur fille ou leur fils disparu ? Je faisais partie d'une société secrète dont je ne connaissais pas les autres membres, qui ne comptait que des parents endeuillés ayant appris à ruser, à user d'imagination. Chacun ses trucs et ses secrets. Il y a ceux dont l'enfant se tient contre leur dos ou est juché sur leurs épaules lorsqu'ils marchent dans la rue. Pour ces parents-là, il pèse de tout son poids. La sensation physique est illusion mais bien réelle. Casque vissé sur les oreilles, d'autres font comme s'ils écoutaient Bach ou les Doors, alors qu'ils se passent en boucle des comptines. D'autres encore enfouissent dans une poche l'un des objets fétiches du petit disparu, qu'ils caressent, roulent dans leur main, à l'abri des regards. Ou portent son ancien foulard autour du cou, qu'il pleuve, qu'il neige ou qu'il vente. Ou sa bague préférée, qu'ils font tourner autour de leur doigt et c'est même devenu, à force, un tic. D'autres enfin se recueillent sur sa tombe tous les jours.

Étienne écrivait une lettre à sa fille, chaque matin, à l'aube. Il lui racontait sa journée de la veille ou lui parlait de la météo, de la couleur du ciel, de la mer,

Mon acrobate

des animaux qu'il avait vus en se promenant. « Quand Zoé partait en vacances sans nous, je lui écrivais tous les jours, tu te souviens ? J'ai repris cette habitude. Tu me disais que c'était trop, qu'à force elle se lasserait et ne me lirait plus. Tu avais raison, sans doute. Mais je l'imaginais, plus grande, lisant ces lettres et se réjouissant : "Mon père m'écrivait tous les jours quand j'étais loin de lui." C'est mon moment Zoé. Je fais comme si, j'écris comme si, je pense comme si j'allais bientôt la retrouver. Je sais que c'est con, que ça ne sert à rien, que ça n'a pas de sens, mais c'est tout ce que j'ai trouvé pour passer des journées à peu près normales. Ma lettre terminée, Zoé se réfugie dans un petit coin de ma tête et n'en bouge plus. » Lui aussi compensait, à sa manière. Pendant quelques instants, sa fille était vivante, avant qu'il revienne à la réalité. Bizarrement, c'est ainsi qu'il maintenait sa mort à distance.

Nicolas : « séducteur, curieux, attentionné ». Les cafés étaient servis. Il me serra dans ses bras avec insistance pour me dire au revoir. Samuel arborait un sourire moqueur. Moi, je pensais à Étienne, qui me plaquait contre son corps, la sensation de ses mains sur mes épaules, son cœur tout près de mon oreille. L'apaisement soudain.

LA CHAMBRE

En rentrant à Paris, je dormis dans la chambre de Zoé. À gauche de son lit était scotché l'un de mes dessins : d'un côté, des êtres vivants, une petite fille qui lui

Mon acrobate

ressemblait, un homme, un cheval, un chien, un champignon, une algue ; de l'autre, des objets inanimés, une cuillère, un ballon, une commode, un livre, un parasol. Il y avait plus de couleurs du côté des vivants, leurs contours étaient plus accentués. Quel âge avait-elle et pourquoi n'avais-je pas inscrit la date ? Elle regarda mon dessin. Elle me rassura en souriant, comme si elle s'adressait à un enfant plus jeune qu'elle : « Je sais tout ça, maman. » Je sais qu'elle savait. Mais elle n'en croyait pas un mot. Elle avait appris à faire semblant, pour qu'on lui fiche la paix, qu'on ne s'inquiète pas. Ce dessin n'était pas très joli, fait trop vite. Il sonnait comme un inutile rappel à l'ordre.

Le frère de Samuel était mort à dix-neuf ans. C'était autre chose que les huit ans de Zoé. Une existence pour rien, pensais-je. Huit ans pour quoi ? Parce que nous l'aimions à la folie, mais aussi pour son avenir, nous noyions Zoé sous notre tendresse, autant que nous la poussions à poursuivre ses drôles d'expériences. Une fois adulte, loin de nous, elle puiserait dans ces réserves d'amour parental et d'encouragements, y trouverait de quoi se consoler et espérer. Elle serait curieuse, sensible, drôle et libre. Elle serait armée pour faire de sa vie un royaume. Nous ne l'avions pas formalisé, n'avions bien entendu pas établi son plan de carrière, sa ligne de vie. Nous voulions faire d'elle une personne épanouie, forte, lui inculquer les valeurs et croyances qui étaient les nôtres. Étions-nous vaniteux ? crédules ? trop confiants ?

À partir de combien d'années la vie vaut-elle la peine d'avoir été vécue ? À huit ans, on était, me semblait-il, très loin du compte.

ÉTIENNE

Pendant mes cours je les observais, surtout les filles. Je me disais que Zoé n'aurait jamais vingt-deux ans, qu'elle était petite pour l'éternité, disparue avant d'avoir goûté à l'indépendance, à la sensation d'euphorie que l'on peut éprouver à l'adolescence face à l'avenir qui s'ouvre à nous. Privée de jeunesse. J'aurais aimé leur faire un cours sur ce qu'est le summum de l'absurdité : survivre à ce qui devrait nous survivre, le lien primordial, nos enfants. Mais ce n'était pas inscrit au programme.

Les mauvais jours, j'avais la rage contre mes étudiants. Je voulais balancer mon bureau, leur crier « démerdez-vous ! ». Ça ne durait pas. Je me concentrais sur ma respiration, j'inspirais, j'expirais, je comptais jusqu'à dix et ça marchait, je me calmais. Je regardais par la fenêtre, je faisais le vide. Cela passait. Avec Izia, on jouait à s'imaginer son adolescence. Zoé n'aurait qu'une envie, décamper, rejoindre ses copains. Zoé intenable, rebelle, sinon odieuse. Et nous, ses parents, navrés de ses excès de révolte et de son je-m'en-foutisme. Zoé revêche ? En vérité, nous n'y avons jamais cru. Une grincheuse, c'était inconcevable.

LES ÉVITEMENTS

Jean-Pierre Jacoltin avait glissé le mot sous ma porte avant de descendre faire des courses. « Chère Izia, je vous ai entendue rentrer, hier. Je suis content que vous soyez de retour. Les nouveaux locataires du premier ont emménagé. Ma foi, lui est sympathique mais je n'en dirais pas autant d'elle qui affiche un air revêche. Vous me direz ce que vous en pensez si vous les croisez. Attention, la météo a prévu de l'orage pour cet après-midi. Il faut dire qu'il fait une chaleur de bête. J'ai perdu un grand-père comme ça, frappé par la foudre dans son jardin. Prenez soin de vous, Jean-Pierre. »
Pour accéder aux commerçants de la rue de Lévis, je devais faire un détour afin de ne pas passer devant l'école de Zoé. Je ne vis pas arriver la voisine du deuxième. Je n'avais aucun moyen de me dérober. Josiane Fleury était bavarde et gentille. Je baissai la tête, marmonnai un « bonjour » et fonçai droit devant. Il suffisait d'une phrase malheureuse pour réduire à néant les efforts que je faisais pour me tenir debout, vivre comme les autres. J'en avais fait l'expérience. Ils pouvaient me trouver malpolie, penser que j'avais perdu la tête, peu importait, tant que je ne perdais pas mes moyens devant eux, tant que j'échappais à leurs propos qui me heurtaient, au point de m'expédier au fond de mon lit, en vrac. « J'imagine ce que ça doit être dur »,

avait cru bon de me consoler une amie. « Tu n'imagines rien du tout. » Je l'avais agressée. Comme l'épicière : « J'ai une amie à qui c'est arrivé et ce qui lui a fait du bien, c'est la méditation. » J'étais partie dans une longue plainte hystérique, étais sortie de la boutique en trombe, laissant mes courses en plan. Depuis, je me méfiais, d'eux et de mes réactions. À V***, une dame de la mairie avait eu la franchise de me dire : « Tout ce qu'on veut, au village, c'est oublier ce drame. »

Ma vie était une suite d'évitements. J'éludais les questions. Je m'écartais des gens heureux. Je me préservais de ceux qui savent. Je me protégeais des rires des enfants. J'avais banni Noël. Je me détournais des petites filles dans la rue. Je me tenais en retrait de la marche du monde, me dérobais au présent et au futur. Je me soustrayais aux regards inquiets. J'esquivais les invitations. Je m'empêchais de haïr. Je me passais de leurs conseils. Je coupais court à la commisération.

J'étais comme ces malades incurables qui doivent se protéger de tout, du soleil, du chaud, du froid, des microbes, des excès de nourriture et d'alcool, du bruit, mais aussi des faux espoirs, du chaos, des émotions fortes. Ils mènent une existence silencieuse en marge des vivants.

En s'installant à la campagne, dans sa maison isolée, en s'interdisant d'aller à la plage, en partant sur les traces des loups dans le Vercors au moment de Noël, en tombant malade en juillet pour l'anniversaire de Zoé, en déclinant toutes les invitations, Étienne pratiquait lui aussi l'art de la dérobade.

Mon acrobate

LA CHAMBRE

J'ouvris le carton sous son lit. Je savais que j'y trouverais ses livres et ses cahiers de maternelle. Je tournai les pages. Je me souvenais de tout, des premières lettres au crayon à papier, couchées sur la feuille avec application, du premier « Zoé Bouillote », qui s'exhibait fièrement sur le cahier de liaison, des figures géométriques, des pastilles colorées, *b* comme bleu, *c* comme chameau, de « Lily lit le livre dans le lit », de « Zazie cause avec sa cousine en cousant ». Je tenais les cahiers à l'écart de mes larmes qui tachent et salissent. Dans celui de travaux pratiques, en moyenne section, l'empreinte de sa main, à la peinture rouge, me coupa le souffle. Je l'avais oubliée. C'était elle, là, devant moi, sans la douceur, le grain de la peau, la chair, mais sa main quand même. Je posai ma paume sur la sienne.

DÉTACHÉ

Gérard Grondin avait soixante-quinze ans. Il habitait le 15e. Camille, sa fille, qui m'avait contactée, nous accueillit chez lui. Elle me fut tout de suite insupportable, avec ses remarques et ses questions qui n'en étaient pas, comment faisions-nous pour vivre à Paris, trop de monde

Mon acrobate

trop de circulation trop de pollution trop de bruit trop de stress trop cher trop sale trop morose trop d'Hidalgo trop de SDF trop de Parisiens tristes... C'était une conne. Sa voix m'horripilait. Elle ne tenait pas en place.

Bientôt, son père la rejoindrait à Valence, dans un appartement qu'elle lui avait trouvé, près de chez elle. Elle repartait le lendemain. « Je n'arrive pas à aider mon père à faire ses cartons, à trier. Perso, je foutrais en l'air toutes ses merdes et ses bidouilles, mais il ne va pas être d'accord. Vous allez voir, il est à la masse. Ça date de la mort de ma mère. Je ne suis pas réputée pour ma diplomatie et ma patience, alors, je préfère déléguer. » Elle avait le mérite de l'honnêteté. J'imaginai son appartement à Valence, blanc clinique avec terrasse, glacial et ultra-design. « Ce n'est pas de gaîté de cœur que je le fais venir, je suis débordée, mais il ne peut plus rester seul, c'est trop d'inquiétude, et il faut bien que quelqu'un s'en occupe. » Cette femme respirait la vulgarité et l'autosatisfaction. Elle était à la tête d'une flopée d'agences immobilières. À ses associés, au téléphone, elle parlait comme à des chiens. « Avec moi, ça ne moufte pas ! » crut-elle bon de me dire d'un ton fier après avoir raccroché avec l'un d'eux. Tant que sa fille fut dans les parages, Gérard se tut. « Vous verrez, mon père est mou-mou-mou, il a besoin qu'on le secoue », me glissa-t-elle dans l'oreille. « Mou-mou-mou », je n'en savais rien. Dans ses petits souliers avec elle, c'était certain.

Une fois sa fille partie, il n'était plus le même. Il vint acheter les cartons avec moi et je lui proposai, avec ce beau temps, d'aller boire un café en terrasse, histoire de faire connaissance avant d'entamer les démarches. Après, il était plus détendu.

Mon acrobate

Contrairement à ce que m'avait annoncé sa fille, Gérard n'avait aucun mal à trier et jeter. Il procédait avec lenteur. D'une heure à l'autre, il levait le voile sur sa vie. De vingt-huit à quarante-quatre ans, il avait monté des sociétés, dans les domaines les plus variés, huiles essentielles, tourisme gastronomique, traiteur à domicile pour seniors, et même une maison d'édition. Il avait conservé les bilans comptables, les plaquettes de présentation, des échantillons... Il avait mené méthodiquement chacune de ses entreprises à la faillite. Aidé par un ami, il avait dû se résoudre à intégrer une boîte d'informatique, où il occupait un poste subalterne. Il s'y était beaucoup ennuyé. Il admirait sa femme, parlait d'elle avec autant d'énergie qu'il en mettait à se dénigrer. « Liliane réussissait tout ce qu'elle entreprenait, c'était une forte tête, un sacré caractère. » Et : « J'ai déçu ma femme et c'est vrai qu'elle ne se gênait pas pour me le dire. Je suis l'image même du loser, vous voyez ? » Non, je ne voyais pas. Mais ce que je devinais, c'est que son épouse avait pris l'habitude de le rabaisser. La fille marchait dans les pas de la mère.

Il avait besoin de s'épancher. « Depuis que mon épouse n'est plus là, je ne m'intéresse plus à ce qui se passe autour de moi, pas plus aux petits qu'aux grands événements. C'est pas gai, tout ça, mais je ne peux pas lutter contre, je suis détaché de tout. » Il ne comprenait pas comment il était devenu « cet homme déprimé » par la disparition d'une femme qui pourtant le méprisait, dont « la maladie n'avait rien arrangé, elle était devenue aigrie ». Il aurait pu profiter de la vie maintenant qu'elle n'était plus là. Mais il était démuni. C'est le mot qu'il employa, « démuni ». Il n'était pas le premier.

Mon acrobate

Vous avez des enfants ? Non, monsieur Grondin, je n'en ai pas. Je mentais. Zoé était morte, mais elle m'accaparait, jour et nuit. Alors oui, j'avais une enfant, très présente, très envahissante, beaucoup plus que tous les enfants vivants. « Vous avez probablement raison », approuva-t-il en souriant. Sa fille était gentille, mais un tantinet trop rude et intransigeante. « Elle était déjà comme ça petite, c'est pas nouveau », s'excusa-t-il. Il avait bien vu que l'attitude de Camille m'avait déplu. Il avait aussi un fils, mais le frère et la sœur étaient fâchés, il ne savait pas pourquoi et n'avait pas envie de s'en mêler. Gérard continuait de le voir, plus ou moins en cachette. « Elle prend la mouche quand elle le sait, je préfère ne rien dire. C'est compliqué, les enfants. » Son fils habitait Issy-les-Moulineaux, pas très loin. Je soupçonnais la fille de faire venir son père à Valence pour les éloigner l'un de l'autre.

Je tombai sur des antidépresseurs dans la salle de bains. Gérard avait des absences, mais besoin de personne pour s'occuper de lui. Pourquoi avait-il accepté de partir ? « Là ou ailleurs, ça n'a pas d'importance. Et je ne veux pas d'histoires avec Camille, elle sera plus tranquille ainsi, je lui évite des allers-retours à Paris. » Les liens familiaux sont parfois incompréhensibles, encombrés par des contraintes que l'on s'invente, des convictions absurdes et des non-dits désespérants.

Je ne comprenais pas ce qui le retenait de s'inscrire dans un club de vélo, de pétanque, de randonnée, de lecture, que sais-je… Sa vie aurait pu être si agréable. Il ne faisait rien pour.

Le dernier jour, dans l'ascenseur, Zoé me chuchota que Gérard était un gentil-lâche-doux. « Au fait, maman, c'est quoi un loser ? »

Mon acrobate

BERLIN

Gérard fit don de vêtements et de livres aux Petits Frères des pauvres. J'accompagnai Samuel à leur antenne, rue de la Jonquière. Gérard le déprimait. « Ce matin, je lui ai demandé s'il allait bien. Vous savez ce qu'il m'a répondu ? "Un jour pousse l'autre." Putain c'est le truc le plus plombant que j'aie jamais entendu ! Autant se mettre une balle tout de suite. » Il était en colère, il n'y avait pas de quoi. Je le lui fis remarquer. « C'est bon, j'ai déjà mon père, maugréa-t-il, je ne vais pas m'en cogner d'autres, des comme lui. » Dans la rue, je pris un café à emporter. Il trouvait qu'il sentait la noisette et le brûlé. Puis, il me demanda pourquoi je ne portais pas de parfum. Nous passâmes devant un artisan chocolatier. Dans la vitrine, tout faisait envie. Avant, j'aurais acheté à Zoé une tablette de chocolat noir aux noisettes entières. Je biaisai : « Ce n'est pas mon truc. » Il parut surpris : « C'est rare, ça, une femme qui n'aime pas se parfumer. »

Devant ma bière et son thé de fin d'après-midi, je me fis de nouveau la réflexion qu'il plaisait beaucoup aux filles. Il ne semblait pas y prêter attention.

Pendant la semaine chez Gérard, je pensai à mon père, plus que de coutume, probablement parce que les deux hommes avaient un air de ressemblance. Je me rappelai ce dîner où je lui présentai Étienne. C'était

Mon acrobate

chez nous, à Paris. Mes rapports avec mon père, distendus et ternes, intriguaient mon nouvel amant. Le convaincre que je n'en souffrais pas me prit du temps. Je n'attendais rien de plus de mon père.

Avec Étienne, c'était tout ou rien. Plus entier que moi, plus fidèle également, il était prêt à tout pour les gens qu'il aimait. À les défendre jusqu'au bout si la situation l'exigeait, et à leur trouver des circonstances atténuantes même quand leur trahison ne faisait aucun doute, comme celle de Julien, son copain d'enfance, un sociologue avec qui il devait signer un essai. Le livre à quatre mains se transforma en lâchage à quatre mains, celles de Julien et de l'éditeur. Étienne ne fut pas dupe. Il était très déçu. Il n'eut jamais un mot contre son ami.

À l'inverse, avec les gens qui ne l'intéressaient pas, ou dont il se méfiait, il frôlait la grossièreté. Alors, il ne faisait pas dans la demi-mesure. Il avait de nombreux détracteurs, qui jugeaient Étienne Bouillote méprisant et prétentieux. C'était faux.

Après la naissance de Zoé, je comptais sur les doigts d'une seule main les fois où mon père nous avait rendu visite. Je ne le lui reprochai pas. Nous-mêmes faisions le voyage à Berlin tous les deux ans.

Depuis l'accident, mon père avait changé d'attitude. Il m'appelait souvent. C'était nouveau. Je ne répondais pas. Il me laissait de longs messages, me racontait sa vie berlinoise, les loyers en hausse, les touristes de plus en plus nombreux, la météo, m'invitait à venir le voir. Cela me changerait les idées, insistait-il, nous nous promènerions dans des quartiers que je ne reconnaîtrais plus. Se sentait-il coupable de s'être si peu intéressé à sa petite-fille ? Regrettait-il l'insignifiance de nos rapports ? Les réponses à ces questions ne m'intéressaient pas. La tentation était grande de l'appeler pour lui demander de me laisser tranquille, lui dire qu'il ne pouvait me venir en aide et que pour nous deux, il était trop tard. J'eus envie d'être méchante avec lui, de lui faire du mal. Mais je ne le fis pas. Il cessa de m'appeler.

Nos trois clients suivants furent bien plus difficiles que l'aimable Gérard. L'avant-dernier déménageait dans un appartement plus petit. Il fallait aider ce veuf de fraîche date à ranger, de manière rationnelle mais « sans jeter », il y tenait. C'était un chasseur passionné et un collectionneur compulsif, de capsules de champagne, de modèles réduits, de pin's, de boutons de manchettes et de casquettes publicitaires. Ses collections m'angoissaient. Elles étaient envahissantes, laides et prenaient la poussière. « Beurk-beurk-beurk », aurait tranché Zoé.

Je l'emmenai avenue de La Bourdonnais, dans la boutique Collectionner-Classer-Conserver. Nous fîmes le plein de classeurs, de boîtes et de vitrines, où ranger ses collections. Il était content. Par la suite, il s'échina pourtant à faire et défaire. Il n'écoutait rien. Nous étions ses larbins, il était très désagréable. En fait, à l'idée de tout changer, il paniquait. Je ne faisais rien pour le rassurer. « J'aurais dû m'en occuper tout seul, de mon déménagement », conclut-il, le quatrième jour. « Je vous le fais pas dire », lui rétorqua Samuel dont j'appréciai le sens de la repartie. « Beurk-beurk-beurk » n'aurait pas le dernier mot.

Laure avait la soixantaine. Elle venait de perdre sa compagne et quittait leur maison de Vincennes pour s'installer à Paris, elle aussi dans un logement plus petit.

Mon acrobate

Elle nous raconta leur histoire. Ni l'une ni l'autre n'était attirée par les femmes avant qu'elles se rencontrent, à un dîner d'amis. « Ce soir-là, on a beaucoup ri. Avec Noura, nous avions l'impression de nous connaître depuis toujours. Pour les enfants, cela n'a pas été facile, au début. Pour nos parents, encore moins... »

Ses filles allaient l'aider à faire ses cartons, mais elle devait d'abord trier. La tâche lui paraissait insurmontable. Les souvenirs ne manqueraient pas de refaire surface, impitoyables. Et elle ne voulait pas les affronter en présence de ses enfants. Ce fut plus long que prévu, et guère rentable. C'était ma faute. Comme souvent, j'avais mal estimé la charge de travail et pas osé réévaluer la facture.

SOLEIL NOIR

Juliette déjeuna avec moi le lendemain de son retour de vacances à Balazuc. C'était un samedi caniculaire, la torpeur m'allait bien. J'aurais voulu que le bitume fonde sous nos pas et nous ensevelisse tous, comme des sables mouvants. Elle était contente de reprendre l'atelier. Elle était de ces gens, rares, qui retournent travailler avec joie. Elle seule avait le courage de me parler de la tombe de Zoé, sur laquelle je n'étais pas retournée depuis notre rendez-vous avec le graveur. Les sœurs ne me faisaient aucun reproche, mais cela les peinait, voire les heurtait. Mon tombeau à moi, c'était la chambre de Zoé. Si j'allais au cimetière, je savais ce qui se passerait. Je ne pourrais m'empêcher de m'interroger

Mon acrobate

sur la décomposition du corps de Zoé, sur ce qui restait de mon enfant dans cette saloperie de boîte. Ce genre de pensées n'avait rien d'un hommage. C'était déplacé, morbide. Au cimetière, on se souvenait des morts, on se recueillait, on leur parlait. À chaque heure du jour et de la nuit, je parlais à Zoé, me souvenais d'elle, la maintenais vivante à mes côtés. Lorsqu'il passait à Balazuc, Étienne se rendait sur sa tombe. Sur les photos qu'il m'envoyait alors, je reconnaissais les couchers de soleil, l'air encore brûlant, qui s'accrochait aux pierres des maisons et glissait derrière la falaise.

Ma tante m'apprit que dix jours plus tôt, un violent orage avait provoqué des coulées de boue, qui avaient sali quelques tombes, dont celle de Zoé. C'est Juliette qui l'avait nettoyée. Hélène s'occupait des fleurs, qu'elles avaient disposées sur et autour de sa tombe. C'était ce genre de scène que je n'aurais pas supporté, pour cette raison que je refusais de retourner à Balazuc. Il aurait fallu plus de cran que j'en avais pour voir ma mère arpenter sa roseraie, seule, à l'aube, sans sa petite-fille. Balazuc était l'endroit au monde que préférait Zoé. Depuis qu'elle y était enterrée, je ne posais plus le même regard sur la maison de mon enfance. Je ne parvenais plus à l'aimer.

J'avais pourtant promis à ma mère qu'un jour prochain je reviendrais. « S'il te plaît, la maison t'attend », insistait-elle. L'éventualité la hantait, que je me détache à jamais de Balazuc. Cette propriété que nous avait léguée ma grand-mère était devenue le cœur vivant de notre famille. Elle me revenait de droit, puis je l'aurais transmise à Zoé. Les événements avaient changé la donne. Le chemin s'arrêterait avec moi. Pour Hélène, c'était un crève-cœur.

Mon acrobate

Quand je pensais à Balazuc, je voyais un énorme soleil noir au-dessus du village dont je n'arrivais pas à me débarrasser malgré mes efforts.

Avec l'aide d'Étienne, l'été qui avait suivi la mort de Zoé, les tantes avaient réaménagé sa chambre. Elles l'avaient transformée en un petit salon, peint un mur en orange en son souvenir, conservé quelques jouets et donné les autres. Anne avait acheté une méridienne et le vieux piano désaccordé fit le voyage du salon. Juliette avait confectionné les rideaux dans de vieux draps de lin. Les plus beaux dessins de Zoé étaient encadrés et accrochés aux murs. Les sœurs prirent l'habitude de lire dans cette pièce. Juliette me proposa d'en regarder les photos sur son portable. « Plus tard », lui dis-je.

J'aurais aimé pouvoir moi aussi transformer la chambre de Zoé, à Paris. C'eût été la preuve que j'étais sur la bonne voie, que j'avais franchi un seuil, comme aurait approuvé mon ancien psy. Mais quelle était la bonne voie ? Que pouvais-je attendre de la vie, désormais ?

En rentrant de déjeuner, je m'endormis sur mon canapé. Je fis un cauchemar. Avec un râteau, je ramassais les feuilles mortes dans le jardin de Balazuc. Mais elles tombaient des arbres par centaines, m'empêchaient de marcher, m'encerclaient et montaient de plus en plus haut. Elles recouvraient le haut de mes cuisses, le bas de mon ventre, mes seins, mes épaules, mon cou, sans que je puisse lutter contre. Je restais debout, les pieds ancrés dans le sol, statufiée, et les feuilles se plaquaient contre ma bouche et mon nez. J'étouffais. J'appelais Étienne, mais il ne m'entendait pas, je perdais l'équilibre, la terre était prête à m'avaler.

ÉTIENNE

J'avais proposé aux sœurs de venir à la bergerie. « Pas sans Izia », m'avaient-elles répondu d'une seule voix. Je les comprenais. J'allais à Balazuc de temps à autre pour leur faire plaisir, mais je devais prendre sur moi. Y dormir était une souffrance. Plusieurs fois par jour, à chaque souvenir qui resurgissait – j'aurais parfois aimé que ma mémoire me laisse en paix –, une lame pénétrait à l'intérieur de mon thorax. À Balazuc, j'étais en colère contre Izia, j'estimais qu'elle aurait pu faire un effort et venir. Pour faire plaisir à sa mère et ses tantes. Pour sa fille. C'était trop demander ? Cette colère, je la gardais à l'intérieur de moi. Pourquoi c'est moi qui morflais tout seul comme un con, qui m'empiffrais de gratins dauphinois et de tartes Tatin parce qu'elles me trouvaient trop maigre, leur racontais que ce n'était pas facile d'être là mais que, tout bien pesé, elles avaient eu raison d'insister, que je me sentais mieux maintenant que j'avais repris mes marques dans la maison ? Ces phrases ne voulaient rien dire, elles sonnaient faux, mais les sœurs avaient l'air soulagées. Il y en avait toujours une pour me demander si, à mon avis, Izia reviendrait.

Balazuc ne m'inspirait plus que des idées noires. J'avais réussi à me débarrasser de ma colère, sauf ici. La nuit, j'avais envie de buter la chouette.

Mon acrobate

Pourquoi les sœurs allaient-elles mieux à Balazuc qu'à Paris ? Pourquoi y étaient-elles plus souvent depuis la mort de Zoé ? Un soir, elles évoquèrent leur enfance dans la maison, et je compris. C'étaient des enfants quand leur mère l'avait achetée. Elles y avaient des kilomètres de souvenirs, de bien avant la naissance d'Izia et celle de Zoé. Ce passé lointain, elles en parlaient plus fréquemment depuis l'accident. Elles s'y raccrochaient. Pas moi. Sans Zoé et Izia, Balazuc n'était rien.

Hélène me donnait des nouvelles de sa fille. Grâce à elle, je savais qu'Izia avait tapissé les murs de notre appartement avec mes couchers de soleil et, quand je désespérais de son retour, je m'accrochais à cela. Les jours où elle ne travaillait pas, elle ne sortait pas de chez elle. Il lui arrivait de quitter Paris pour ses déménagements, elle s'entendait bien avec le jeune homme qu'elle avait engagé, Samuel, n'avait touché à rien dans la chambre de Zoé. Elle ne s'était pas remise au dessin.

Je veillais sur Izia à distance. Dire que je la surveillais serait plus juste. J'en éprouvais de la gêne, ça ne me ressemblait pas, mais je ne pouvais m'empêcher de prendre de ses nouvelles. Je voulais tout savoir.

LA CHAMBRE

Sur cette photo, je souris. Elle est restée longtemps sur ma table à dessin, jusqu'à ce que Zoé la réclame, pour son panneau aimanté. C'est Étienne qui l'a prise. Je ne suis pas fatiguée, juste un peu pâle. Zoé a deux jours et elle dort dans mes bras. Quelques minutes plus tard, nos amis déboulaient à la clinique. Nous avions bu du champagne. Mon visage ne laisse rien paraître de mon désarroi depuis l'accouchement. Je traverse pourtant un cataclysme. Dorénavant, mon bonheur et mon amour de la vie dépendent de cette minuscule petite fille. J'ai une responsabilité imprescriptible envers elle. Quand j'ai posé les yeux sur elle, une fulgurance archaïque m'a saisie, une terreur irrationnelle qui tient en quatre mots : « Nos enfants sont mortels. »

ÉTIENNE

La première fois que je l'ai tenue dans mes bras, je n'ai pu m'empêcher de penser à mon père. A-t-il éprouvé cette même sensation vertigineuse quand il m'a pris contre lui, cette euphorie, ce ravissement absolu ? Ivre de bonheur, j'étais ivre de bonheur. Mais comment savoir s'il m'a effectivement soulevé de mon berceau pour me serrer sur son cœur ? Je ne sais pas. Si ce n'est avec moi, peut-être avec mes frères aînés ? J'espère qu'il a lui aussi vécu cette joie intense, unique, au moins avec l'un de nous trois. Je le lui souhaite mais en fait, je n'y crois pas. On ne peut pas avoir connu cet amour fulgurant et être par la suite le père qu'il a été. Et ma mère, qu'a-t-elle ressenti ? Dans mon portefeuille, j'ai une photo de nous deux. J'ai trois mois environ, elle me donne le sein et sourit en me regardant.

Izia gardait les yeux fermés, silencieuse, un léger sourire flottait sur son visage. J'avais l'impression qu'elle voyait tout à travers ses paupières closes, qu'elle comprenait exactement ce que je vivais. J'ai baissé la tête et admiré mon bébé. Elle a fait un petit bruit de succion avec sa bouche, son regard plongé dans le mien, l'air de dire « bon ça y est, tu t'intéresses à moi, tu me regardes ? ». C'est à cette seconde précise que la vague m'a submergé.

Mon acrobate

En rentrant de la clinique, j'ai monté le son de l'une de mes chansons préférées, *Joy Inside My Tears*, de Stevie Wonder. Je braillais à tue-tête avec Stevie, riais tout seul. « Elle est là ! c'est ma fille ! » hurlais-je en tournoyant au milieu du salon, comme les enfants, les bras écartés jusqu'à en avoir la tête qui tourne et le corps qui vacille.

Le 2 juillet, le jour anniversaire de la naissance de Zoé, j'écoute Stevie Wonder. Je ne ris plus, je ne fais plus l'imbécile, je suis sagement assis sur mon canapé, un verre de whisky à la main. J'ai de la fièvre, des courbatures, une sorte de grippe, incompréhensible en cette saison. Je chiale, je bois. Je remercie Zoé pour le bonheur qu'elle m'a donné pendant huit ans, ce bonheur-là. Total.

JE MARCHE SUR UN FIL AU-DESSUS DE LA NUIT

 Les deux frères avaient tenu à me parler du déménagement de leur mère, qui venait de mourir, au restaurant. Nous avions rendez-vous à la Brasserie lorraine, place des Ternes. Henri et David Beckmann avaient autour de cinquante ans, étaient tous deux médecins, respectivement dentiste et chirurgien esthétique. « C'est un peu spécial, c'est votre tante Anne qui nous a assuré que vous êtes la personne qu'il nous faut », m'avait dit David au téléphone. Je me méfiais, car Anne avait du mal à comprendre en quoi consistait ma petite entreprise. Henri venait d'être père, pour la troisième fois. Ses deux aînés, issus d'un premier mariage, étaient majeurs. Sa seconde épouse avait vingt-deux ans de moins que lui. David, moins expansif, ne me dit pas grand-chose de sa vie privée. Ils étaient très sympathiques. Ils ne me posèrent aucune question sur moi. J'en déduisis qu'Anne les avait mis au courant. Je ne lui en voulais pas, au contraire. Je m'épargnais un mensonge, je suis divorcée et sans enfants. Comment faisait Étienne ? Que répondait-il ? « Je suis divorcé et je n'ai pas d'enfants » ? Ou bien : « Ma fille est morte, elle avait huit ans, depuis, je suis séparé de ma femme » ?

 La veille, ils avaient enterré leur mère, victime d'un infarctus près de chez elle, boulevard Haussmann. Leur père, un médecin lui aussi, propriétaire d'une clinique

Mon acrobate

à Rouen, était décédé neuf ans auparavant, dans un accident d'avion. C'est lui qui pilotait. « Au-dessus des Alpes suisses », précisa David. Les trois dernières années, leur mère avait changé. Elle sortait moins, était plus distraite, plus secrète, avait des trous de mémoire, « mais rien d'alarmant, elle était joyeuse ». Je ne voyais pas où ils voulaient en venir. Henri me parla alors du syndrome de Diogène. Je connaissais. Les personnes qui en sont victimes développent, à la suite d'un traumatisme, une pathologie qui consiste à tout accumuler chez eux, à ne plus rien jeter. On m'avait déjà contactée pour un cas similaire, mais j'avais refusé. C'était au-dessus de mes compétences. S'ils m'avaient avertie de quoi il retournait, je les aurais prévenus. Ils m'écoutaient à peine, poursuivirent leurs explications. On ne devait pas souvent leur dire non, aux frères Beckmann.

Leur mère déjeunait tous les dimanches chez l'un de ses fils. Ils avaient bien remarqué qu'elle ne les invitait plus chez elle, mais mis cette bizarrerie sur le compte du grand âge, un toc de vieux, jaloux de sa solitude. Elle avait toujours une bonne excuse quand ils lui rendaient visite à l'improviste, pas entendu la sonnerie, ou elle se reposait, était sortie faire des courses... Elle ne voulait plus faire la cuisine et préférait venir les voir, c'était une occasion de marcher. Ils étaient encore sous le choc de ce qu'ils avaient découvert. « Elle s'est bien fichue de nous, avec sa super femme de ménage qui venait tous les jours, une vraie perle... » Ils cherchaient à se justifier, faisaient les questions et les réponses. Ils n'avaient pas été assez vigilants, attentionnés ? Elle était toujours bien habillée, ses vêtements étaient repassés, ne sentaient pas le sale ou le renfermé, ils n'avaient

Mon acrobate

rien remarqué de particulier. Henri avait réclamé les clés de son appartement à plusieurs reprises, « au cas où il t'arriverait quelque chose, maman ». Elle l'avait envoyé promener, il n'avait pas insisté, elle avait un fichu caractère. « Je ne suis pas gâteuse et on avisera quand les ennuis seront là. La gardienne a un trousseau, c'est bien suffisant. » Lorsque leur mère mourut, ils la contactèrent. Elle n'avait jamais eu les clés, de toute façon, elle ne les aurait pas prises, c'était trop de responsabilités et pas dans ses fonctions. Ils durent faire appel à un serrurier.

Derrière la porte s'entassaient les sacs-poubelle, des piles de journaux, des boîtes de médicaments vides, de la vaisselle sale, des assiettes cassées, des plantes mortes, des collants filés, des livres, des vieux cahiers… L'évier de la cuisine était impraticable, comme la baignoire. Depuis des années, semblait-il, elle accumulait tout et n'importe quoi. « Nous aurions dû vérifier cette histoire de clés. » L'odeur était terrible, mais elle avait installé des ventilateurs dans toutes les pièces, qui fonctionnaient jour et nuit. Son appartement était le seul du palier, au cinquième et dernier étage. Les choses se seraient passées différemment si elle avait eu un voisin.

Je pensai au mien, de voisin, qui avait tempêté et divagué une bonne partie de la nuit précédente. Pendant ses crises, Jean-Pierre Jacoltin prononçait deux ou trois phrases en boucle, différentes chaque fois. J'avais perçu à travers le mur : « La pluie battante m'empêchait de t'entendre », « Que penses-tu de ce petit périple en Andalousie ? » et : « Je marche sur un fil au-dessus de la nuit. »

Mon acrobate

Les frères étaient pressants. Ils avaient besoin de moi. Ils ne voulaient pas retourner chez leur mère mais faire appel à un professionnel de confiance, pour repêcher dans ce fatras quelques objets qui leur étaient chers, notamment une collection de barbotines et des bijoux de valeur, des sacs de marque, le stylo-plume et la montre de leur père. À moi de jouer. Leur liste était prête. Ensuite, pour vider ce qui restait, ils feraient appel à une société spécialisée.

L'offre d'Henri et David était très généreuse. J'acceptai, malgré ma fatigue. Étienne m'avait une nouvelle fois invitée pour l'été, dans sa bergerie, j'avais refusé. Proposé un voyage à deux, j'avais refusé. Balazuc, c'était au-dessus de mes forces. Je m'étais cloîtrée tout l'été chez moi.

Samuel rentrait de quinze jours de vacances, avec ses parents, à Arcachon d'abord, puis avec son meilleur ami, en camping dans le Périgord. Il était en pleine forme. La mission n'était pas seulement bien payée, elle était de courte durée. Il nous suffisait de déterrer les trésors des deux frères, puis de réceptionner l'équipe de déblayage.

LA CHAMBRE

Que, dans sa chambre, la présence de Zoé s'efface peu à peu était ce qui pouvait m'arriver de pire. Un soir où je m'étais assise sur son lit et me souvenais d'elle, emmitouflée dans son peignoir bleu, ses cheveux encore humides, c'est ce qui arriva. Zoé était une enfant remuante, mais au sortir du bain, encore engourdie par l'eau chaude, elle était vraiment calme. Elle se posait sur mes genoux et nous gardions le silence, plongées chacune dans nos pensées. Je caressais ses pieds et ses mollets, doux et rebondis, respirais sa peau et l'odeur de vanille du bain moussant. Elle était blottie dans mes bras, j'en goûtais chaque seconde. Le jour viendrait où elle s'habillerait dans la salle de bains, où je ne l'attendrais plus dans sa chambre. J'étais ainsi faite : à côté du cœur, directement reliée au cerveau, une sonnette d'alarme, infaillible, se déclenchait dès que le bonheur était trop fort, m'enjoignant de modérer mon enthousiasme puisque le temps qui passe ravage tout. Je cohabitais avec mon pessimisme, c'était une histoire entre lui et moi que je taisais aux autres. En imaginant le pire, je pensais me prémunir contre les catastrophes, j'exorcisais. Quelle vanité ! La suite prouva que j'étais loin du compte.

Ce jour-là, dans sa chambre, la densité de sa chair, le grain de sa peau m'échappèrent. Même son visage était devenu flou, en pièces détachées. Je m'acharnai. En vain. Je fermai les yeux, pour sentir le poids de son corps sur le mien, son odeur. Dans la salle de bains, j'enfouis mon nez dans son peignoir, accroché derrière la porte, mais ce n'était pas comme d'habitude. Rien n'était comme d'habitude. Il manquait quelque chose, Zoé en mouvement, Zoé en train de parler. Elle était immobile. Mon imagination ne suffisait plus à la faire bouger, à assembler ce qui la constituait. Pendant une seconde, je pensais l'avoir retrouvée, la seconde d'après, elle s'échappait. Je mis ce rendez-vous raté sur le compte de la fatigue. Le lendemain, tout redeviendrait comme avant. Zoé ne pouvait pas devenir un simple souvenir.

Mon acrobate

FOU RIRE

Je retrouvai David Beckmann le surlendemain, à son cabinet. Nous convînmes d'un rendez-vous avec une équipe de Débarras Service. Nous n'avions plus beaucoup de temps. Les services sanitaires de la Ville de Paris avaient été alertés. L'appartement faisait soixante-douze mètres carrés. Nous avions une petite journée pour terminer notre chasse au trésor, avant que les déblayeurs arrivent. David me confia les clés de sa mère. Je devais l'appeler une fois sur place. Je lui demandai si je pouvais filmer. Je le rassurai. Je ne divulguerais en aucun cas ces images, destinées à mon usage personnel. Que leur mère ait vécu dans le chaos le plus total ne changeait rien pour moi, je voulais qu'il subsiste quelque chose de l'univers du disparu, lui expliquai-je. Lui et son frère n'étaient pas obligés de les voir ni même de récupérer le film.

Sur la route, je fis à Samuel un cours sur le syndrome de Diogène et ce qui nous attendait. Un vaste hall desservait deux escaliers. Nous prîmes l'ascenseur de gauche. J'ouvris la porte. Des monceaux de détritus étaient en embuscade. De l'entrée, nous entendions les ventilateurs. J'apercevais celui du salon, posé sur le linteau de la cheminée. Samuel passa une tête, écarquilla les yeux, profita de mon hésitation pour entrer le premier, fit le tour des pièces en tapant fort

Mon acrobate

son poing droit dans le creux de sa main gauche. Il dut contourner de petites montagnes de déchets pour gagner le fond de l'appartement. Il revint vers moi, me regarda et éclata de rire. Il était hilare, plié en deux, n'arrivait ni à terminer ses phrases ni à reprendre son souffle : « Non mais c'est quoi cette folle ? » « Oh... mais c'est l'hallu, c'était pourtant pas une clocharde », « Il y a quand même de sacrés chtarboules. »

Je me mis à rire, moi aussi. Nous étions nerveux, j'étais crevée, il était très tôt. C'était dégueulasse de se moquer de cette femme, mais pour une fois, je n'éprouvais aucune compassion et n'en avais pas envie. Le spectacle que nous avions devant les yeux était invraisemblable, pourquoi n'aurions-nous pas eu droit, nous aussi, face à la folie des hommes, d'être déraisonnables ?

Je riais, gênée et étonnée de ma réaction. « Ben dites donc, s'il faut se taper des déménagements de dingos pareils pour que vous riiez, on va en faire plus souvent ! » s'exclama Samuel, aussi surpris que moi. Il se tenait les côtes : « Je vais boire un thé pendant que vous faites l'état des lieux. »

Il ne voulait pas croire que les deux frères déjeunaient chaque dimanche avec leur mère, qu'ils ne s'étaient rendu compte de rien, qu'elle était toujours bien habillée, ne sentait pas mauvais. « C'est pas possible je vous dis, ils faisaient pas gaffe à elle, c'est tout. Ou bien ils ne la voyaient pas. Comment vous avez pu gober un truc pareil ? »

J'avais acheté ce qu'il fallait pour naviguer dans ce capharnaüm : combinaisons spéciales, gants, masques, bottes, que nous enfilâmes tant bien que mal mais sans nous faire prier, à tour de rôle, sur le palier. Dans la

Mon acrobate

voiture, Samuel avait jeté un œil suspicieux sur mes achats, décrétant que j'exagérais, que nous n'en aurions pas besoin. Je l'entendais rire tout seul, à l'autre bout du couloir. « Je vous dis ce que ça sent, ou pas ? » Je le suppliai de se taire. Nous ouvrîmes grand les fenêtres.

Nous nous attaquâmes au salon, avant les deux chambres. Il y avait peu de chances que notre butin soit facilement accessible, beaucoup plus qu'il repose sous des années d'accumulation, enseveli il y avait bien longtemps. Pour faire de la place, nous commençâmes par jeter des brassées de détritus dans de grands sacs-poubelle. Nous devions ouvrir ses sacs-poubelle à elle, où pouvait se cacher ce que nous cherchions. J'avais la sensation désagréable que le gras des emballages de nourriture, les miettes de pizza, de pain de mie, les restes de pâtes, les fruits et légumes moisis et les nouvelles odeurs que nous réveillions à force de remuer les ordures traversaient ma combinaison pour se coller à ma peau, pénétraient dans ma bouche et dans mes narines. Nous devions avoir fini avant 15 heures, mais les deux montres et le stylo-plume manquaient à l'appel. Je récupérai des objets qui n'étaient pas sur la liste, un vase Art nouveau, deux jolis tabourets et des couteaux au manche en corne, un foulard Yves Saint Laurent.

Les déblayeurs étaient trois. Ils allaient vite. Ils mirent la main sur l'une des montres, dans un sac en plastique, au-dessus d'une armoire, pas sur le stylo. Nous quittâmes les lieux vers 22 heures. Samuel m'aida à tout monter jusqu'à mon palier. Je tenais à rendre des affaires propres. Je ne voulais pas que Samuel pénètre chez moi, et voie les centaines de photos de couchers de soleil punaisées sur les murs, le bureau d'Étienne à moitié vide, la porte de la chambre fermée, sur laquelle, autour du prénom Zoé inscrit à la craie rouge, ma fille avait collé des autocollants représentant les petites boules de suie des films de Miyazaki.

Debout devant ma porte, il m'observait, l'air étonné. Il ne comprenait pas que je ne l'invite pas à entrer. Je lui souhaitai bonne nuit. J'attendis qu'il soit dans l'ascenseur pour ouvrir.

LA CHAMBRE

Dans le deuxième tiroir de son bureau se trouvait un sachet en plastique transparent, avec une fermeture à zip. À l'intérieur, huit bougies rayées bleu et rouge, qu'elle avait soufflées sur son dernier gâteau d'anniversaire. Zoé avait des lubies. Conserver ses bougies d'anniversaire en faisait partie.

Celles-ci avaient pris la place des sept précédentes, qui elles-mêmes remplaçaient les six de l'année d'avant. Je croyais les avoir correctement nettoyées avant de les lui donner, mais je m'aperçus que sur l'une d'elles restaient des traces de chocolat. « Un jour, je serai tellement grande, se réjouissait-elle, que la pochette sera trop petite ! » Tu es pressée de grandir ? Elle répondait oui, sans hésiter : « Tu comprends, je serai plus obligée de rester assise toute la journée à l'école. Je pourrai prendre des trains et des avions et j'aurai ma voiture. »

Elle avait un gâteau préféré, L'Incroyable. Très kitsch, couvert de spéculoos et fourré à la crème et au

Mon acrobate

chocolat blanc. Il venait de la pâtisserie Aux Merveilleux de Fred. Tous les 2 juillet, nous achetions et mangions un Incroyable.

À chacun de ses anniversaires, je continuais d'acheter chez Fred un Incroyable individuel. Je le posais sur la table de la cuisine, plantais une bougie dans le gâteau, une seule, et la regardais se consumer, jusqu'à ce que la cire déborde du petit socle et se mélange à la crème. La minuscule flamme s'éteignait doucement. Je jetais alors le gâteau et la bougie à la poubelle.

LA LETTRE

Au dos de l'enveloppe étaient inscrits le nom et l'adresse de Guy, le père de Chloé. Je m'affolai. Pourquoi avait-il jugé bon de nous avertir qu'il en était l'expéditeur ? Au cas où nous aurions déménagé ou pour nous laisser le choix de ne pas le lire ? Que nous voulait-il ? Il écrivait pour une raison précise. Je ne voulais plus de surprises, plus de nouveautés, plus d'émotions fortes. Je posai la lettre sur la console de l'entrée et attendis quelques heures avant de l'ouvrir. L'écriture de Guy était serrée et penchait sur la droite.

Après la mort de Zoé, j'avais rendu visite à Julia. En état de choc, elle avait d'abord été hospitalisée à Lyon, avant d'être transférée dans une maison de repos à Meudon. C'est là que je la vis, à l'époque où je tentais de reconstituer le fil des événements, d'en savoir davantage sur tout ce qui avait trait, de près ou de loin, à l'accident. J'étais avide de révélations, du moindre détail.

Mon acrobate

Nous nous retrouvâmes à la cafétéria. Pâles et amaigries, négligées, nous n'étions plus que les ombres de nous-mêmes. Je voulais connaître les dernières paroles de Zoé, savoir si elle allait bien ce jour-là. Julia, l'air hagard, regardait sa tasse. J'eus peur qu'elle garde le silence, mais après quelques secondes, elle me raconta. J'écoutai sans l'interrompre.

Le bruit de la voiture heurtant de plein fouet le renfoncement qui jouxtait la boucherie leur avait fait très peur, à elle et à Chloé, comme à la bouchère et à son commis. Elle nota d'abord, comme dans un film au ralenti, que les pots de fleurs étaient fracassés, le panneau en bois annonçant les promotions du jour à terre. Elle parlait d'un « grand blanc ». « Tout s'est arrêté dans mon cerveau, il ne répondait plus. » Elle avait tardé à se mettre en mouvement, à reprendre ses esprits. Ce n'est que lorsque sa fille avait hurlé « Zoé ! » qu'elle était sortie de sa torpeur. Elle avait demandé à la bouchère de surveiller sa fille, tourné la tête vers le renfoncement – « mais c'est comme si je savais déjà que Zoé n'était plus là, peut-être que j'ai tout vu et que je l'ai effacé de ma mémoire » –, couru vers la voiture arrêtée au milieu de la route. Elle s'était évanouie en découvrant Zoé allongée, un peu plus loin, sans connaissance. Elle n'avait aucun souvenir de François Descampier, ne savait pas si elle l'avait vu ou pas. Je ne posai pas plus de questions sur l'accident. Mais qu'avaient-elles fait dans la matinée ?

Elles avaient marché jusqu'au centre équestre, toutes les trois. C'était une longue balade. Zoé était d'humeur joyeuse. Elle ne cessait pas de parler. Sur le trajet, Zoé et Chloé riaient de leurs mésaventures de l'année précédente, avec Patachon, un poney qui n'avançait pas et ne pensait qu'à brouter. Sur place, Julia inscrivit les filles à une promenade, le surlendemain, la veille du retour à Paris. En rentrant à la maison, les deux filles passèrent en revue les poneys qu'elles rêvaient de monter, priant pour ne pas tomber sur Patachon. Après le déjeuner, elles rechignèrent à faire les courses avec Julia, qui refusa de les laisser seules dans la maison. Elle leur promit qu'elles feraient vite et qu'après elle leur préparerait des crêpes pour le goûter. Les filles avaient l'habitude de l'attendre devant la boucherie.

Julia n'allait pas bien, mais je ne m'en inquiétai pas, pas plus que je ne lui parlai de moi. Ce n'était pas à moi d'alléger le poids de sa culpabilité. Elle n'était pour rien dans la mort de Zoé, j'en étais consciente, mais trouvais normal qu'elle souffre, normal qu'elle paie, là, dans cette clinique. J'étais jalouse. Je la haïssais. Sa fille à elle était en vie. Julia aurait pu mourir, ce jour-là ou un autre, cela m'aurait été égal. Je la quittai sans dire au revoir.

Guy et Julia déménagèrent.

Dans sa lettre, Guy écrivait qu'il ne savait pas si c'était une bonne ou une mauvaise idée de donner des nouvelles, ni quelle serait notre réaction. Cela lui tenait à cœur, même s'il ne comprenait pas exactement pourquoi. Ils s'étaient installés à Nice. Julia traversait de fréquentes périodes de dépression, était victime de crises d'angoisse, enchaînait les nuits sans sommeil. La culpabilité la rongeait, même si, depuis peu, son état s'améliorait. Pour Chloé non plus, ce n'était pas facile. Elle s'était mise à bégayer après la mort de son amie, ne se sentait en sécurité nulle part. Elle consultait un

Mon acrobate

pédopsychiatre, à qui elle avait beaucoup de mal à parler de Zoé. Elle fuyait le contact avec les enfants de son âge. Elle était très seule. Ils n'étaient pas retournés à V***, avaient vendu la maison. Il pensait souvent à nous, Julia aussi, ils n'oublieraient jamais Zoé. Il se souviendrait toujours de « la magnifique petite fille qu'elle était. Aussi excentrique et turbulente que Chloé était réservée et calme. On appréciait son enthousiasme ». Il espérait que sa lettre ne nous plongerait pas dans de nouvelles souffrances. Nous ne devions pas nous sentir obligés de lui répondre. Il terminait en nous assurant que Julia et lui n'en voulaient pas à Étienne de sa réaction violente. Et que, ce soir-là, il aurait aimé avoir le courage de serrer fort son ami dans ses bras.

Le lendemain, je postai la lettre à Étienne. J'y joignis un Post-it : « Guy nous a écrit. Je ne me sens pas capable de lui répondre, mais ce qu'il dit me touche. De quelle soirée parle-t-il ? Que s'est-il passé ? Je t'embrasse. Izia. »

ÉTIENNE

Je savais distinguer les vents, celui qui prend son élan derrière les collines de celui qui vient de la mer, plus sec, plus doux. J'aimais la fraîcheur des pierres, y passer ma main, sentir leur force immuable. Elles me survivraient. Je regardais les araignées tisser leurs toiles, parfaites et sophistiquées, entre les volets. Je n'osais plus les fermer, de peur de détruire leur petit chef-d'œuvre. Je savais quand la pluie allait devenir torrentielle. La dernière avait ravagé le petit chemin de terre. J'avais cherché des conseils sur Internet et transpiré pour le remettre en état. Je doutais de la disparition des abeilles. Devant chez moi, dans les lavandes et le romarin, elles étaient si nombreuses. Bientôt, il ferait nuit, les chauves-souris voleraient au-dessus de la terrasse. Viendraient les sons qui peuplaient mes soirées, des frôlements, crissements et glapissements, des bruits de pas hésitants.

Dans le village, on me surnommait « le philosophe de la bergerie » ou « le Parisien ». Je n'étais pas de la région et ne le serais jamais, il était trop tard. Il me manquait des souvenirs d'enfance, des histoires à transmettre, des aïeux à admirer, des légendes à raconter, des rumeurs à relayer, ces dictons qui font rire mais auxquels on croit dur comme fer. Il me manquait le mal du pays, le sentiment de fierté aussi, d'être né ici. Cette

Mon acrobate

terre m'offrait l'hospitalité, c'était déjà beaucoup. Je me demandais comment c'était, une vie entière passée là.

Je suis né à Paris. Mon univers est fait de béton, d'immeubles, de quartiers transformés, de trous dans la chaussée, de marteaux-piqueurs. Je sais me faufiler entre les voitures à l'arrêt dans les embouteillages, fendre la foule sans bousculer, faire entendre ma voix dans le brouhaha d'un restaurant, cavaler dans les escaliers du métro, avaler un expresso au goût âcre entre deux respirations au comptoir d'un café, et filer. Quand je passe devant le Bus Palladium ou la Cigale, les cinémas des Champs-Élysées, la Rhumerie à Odéon, la bibliothèque de Beaubourg, la rue d'Ulm, je pense à ma jeunesse. Je détourne la tête et je marche plus vite quand je dois longer le cimetière de Passy, pas sûr que je saurais retrouver la tombe de mon père. Je lève les yeux vers ce troisième étage du boulevard de la Bastille où habitait ma première petite amie.

L'extinction des insectes et des oiseaux, la multiplication des éoliennes, la fermeture des commerces, la désertification des villages, les normes européennes qui assomment les agriculteurs, le scandale des vaches et porcs anonymes parqués dans des hangars, j'en ai connaissance, mais de là à me sentir concerné... Ce qui disparaît, dans ma vie à moi, ce sont les kiosques à journaux, les librairies et les cinémas de quartier. Les Fnac qui ont relégué les livres au dernier étage ou au sous-sol, la prolifération des caméras dans les rues, les contrôles de sécurité dans les musées, comme dans les aéroports, ou encore l'omniprésence des écrans publicitaires. Mais stop, je m'arrête. Je ne veux pas devenir un vieux con.

LA CHAMBRE

Je fermais les yeux pour mieux me concentrer, respirais profondément pour juguler la panique, en vain. Quand j'étais dans sa chambre, Zoé m'échappait de plus en plus, j'en étais certaine, maintenant. Je retrouvais l'odeur de sa peau dans ses vêtements, mais son sourire se brouillait. J'entendais sa voix quand elle lisait à voix haute, assise à son bureau, mais son profil m'apparaissait flou. Je sentais le poids de ses bras autour de mon cou quand je me penchais pour l'embrasser et lui souhaiter bonne nuit, mais ses baisers à elle s'évanouissaient dans la nature.

Je sortis de la chambre. Je regardai les photos qu'Étienne avait rangées, en espérant qu'elles m'aideraient à retrouver mon enfant dans son entièreté. Elles me mirent K.-O. C'était prévisible. Trop de souvenirs à la surface, d'un seul coup. J'avais presque oublié que, toute petite, parmi ses cheveux très bruns, Zoé avait une mèche blanche sur la gauche du crâne, qu'on voyait très nettement sur plusieurs clichés. Nous l'appelions « la mèche mystérieuse ». Quel âge avait-elle quand elle finit par disparaître ?

D'autres images. Son pull déchiré au coude, qu'elle ne voulait pas jeter. Zoé dans un anorak trop grand pour elle, on distingue des empreintes de pas autour d'elle, le sable mouillé brille, c'est à Saint-Malo avec ma mère, un grand week-end raté, il faisait froid dans la petite maison que nous avions louée, il pleuvait sans cesse, l'humidité nous collait à la peau. Un début d'été à Paris, au bois de Vincennes ou de Meudon, avec des amis, nous ne sommes pas encore partis en vacances, une couverture étalée devant nous, des assiettes vides, les bouteilles de vin et les canettes de bière aussi, nous posons tous ensemble, debout, six enfants au premier plan, neuf adultes derrière, Tom, le fils d'Irina et Mathieu, dont c'est l'anniversaire, cache un peu le visage de Zoé. Tous ces enfants vivants, que je trouverais grandis si je les revoyais aujourd'hui.

Je m'en voulus de ne pas avoir indiqué au dos de ces photos l'endroit et le jour où elles avaient été prises. Sur celle-ci, d'un air victorieux, Zoé brandit un ballon bleu au-dessus de sa tête. Je ne me souvenais pas qui était son partenaire de jeu.

J'étais anéantie. J'avais regardé des centaines de fois les quelques photos de Zoé que je stockais sur mon portable. Je les connaissais par cœur. À force de m'esquinter les yeux sur elles, j'en avais fait le tour. Elles étaient devenues inoffensives. Celles-là réveillaient des souvenirs différents, tout neufs, pleins d'une vie nouvelle, si lointains et si proches. Je ne retournai pas ce soir-là dans la chambre de Zoé.

Elles ne disaient qu'une chose, le temps passe et nous efface. Je les laissai là où elles étaient, j'avalai un somnifère. Je n'en avais pas pris depuis des mois. C'était un autre signe d'échec.

Mon acrobate

J'AI FROID QUAND JE PENSE À LUI

J'avais un peu plus de vingt ans quand je découvris le Café Beaubourg. Étrange et prétentieux, morose et parisien. J'y étais attachée, pour des raisons que je ne m'expliquais pas. Je n'y étais pas revenue depuis des années. Il vieillissait bien. Je m'installai à une table au rez-de-chaussée, près d'une fenêtre, d'où je verrais arriver Barbara Feinet. Elle travaillait pour le musée. Elle devait avoir l'habitude de donner ses rendez-vous ici.
   Elle connaissait les frères Diogène, comme je les avais baptisés avec Samuel, depuis le lycée. Ils lui avaient parlé de moi. Elle devait débarrasser l'appartement de son père, à Neuilly-sur-Seine. Le vieil homme était mort six mois plus tôt.
   Elle fit des yeux le tour de la grande salle en entrant, hésita lorsqu'elle me vit. C'était elle. Une jolie femme, petite et très mince. De grands yeux et de longs cils noirs mangeaient son visage. Sa voix était très douce. Elle commanda un Coca, puis fouilla dans son sac pour y piocher un trousseau de clés. « C'est le notaire qui me l'a donné, me dit-elle. Mes clés à moi, je les ai jetées dans le caniveau quand je suis partie de chez mon père, en me jurant que je ne le reverrais plus. J'avais dix-huit ans. Maintenant qu'il est mort, je peux dire que j'ai réussi. » Elle ne voulait rien de lui, « même pas une petite cuillère ». Mais certains de ses meubles et objets avaient de

Mon acrobate

la valeur. Je devais convoquer des antiquaires, vendre tout ce qui pouvait l'être. Elle ferait don de l'argent à des associations. Ce qui ne valait rien partirait à la poubelle ou serait donné, cela lui était égal. Elle n'avait pas fait estimer l'appartement, mais elle présumait qu'il valait cher. Elle comptait le léguer à ses deux filles, qui devraient respecter sa seule volonté : le mettre en vente.

En sortant de chez le notaire, à l'idée de retourner dans l'appartement de son enfance pour le vider, elle avait vomi. Elle laissa passer des semaines, puis des mois. Elle finit par admettre qu'elle n'irait pas, sous aucun prétexte. Déléguer le travail à un proche la rebutait. Il lui demanderait des explications, qu'elle ne souhaitait pas donner. « C'était une autre vie », me dit-elle. Elle était soulagée de m'avoir trouvée, car ni Débarras Service ni un déménageur classique n'aurait fait l'affaire. « J'aurais aimé regarder brûler ses affaires, mais j'ai peur que cela ne soit pas autorisé en ville », rit-elle. Elle paraissait d'autant plus fragile qu'elle était sur le qui-vive en permanence. Il n'en était rien. Barbara était déterminée. Je ne sais quelles épreuves elle avait traversées, mais elle avait fait du chemin depuis.

Était-elle sûre de sa décision ? Qu'elle n'agissait pas sur un coup de tête et regretterait ensuite ? « Si vous saviez à quel point cette ordure m'a encombrée pendant toutes ces années, a pollué mes relations avec les autres, alors que je ne le voyais plus, à quel point je rêvais de faire le vide, de l'oublier pour avancer, vous comprendriez que je ne veux rien récupérer. Si ce que vous trouvez est compromettant, des photos, des vidéos, je ne sais pas… détruisez tout, s'il vous plaît, et ne m'en parlez pas. » Je le lui promis.

Nous marchâmes en silence jusqu'au métro. Barbara me lâcha tout à trac que je faisais un drôle de métier. Elle non plus ne me posa pas de questions sur moi. Je supposai que les frères Diogène lui avaient parlé. Je lui demandai si je pourrais filmer. Elle hésita avant d'accepter.

« J'ai froid quand je pense à lui. » Elle me serra la main.

PARLE-MOI

Je passai ma soirée à visionner les vidéos de mes déménagements. Plus tard, je pris mon bloc à dessins et mes crayons. Trois ans sans dessiner, sans même l'envisager. Les gestes revinrent vite, de plus en plus amples et assurés. C'était une bouffée d'air frais, un retour à moi, à ce qui m'était le plus familier.

Chez Robert Mistras régnait la désolation. Je dessinai la cuisine, avec sa table pour deux en formica et son unique tabouret, son placard presque vide, sa serviette à carreaux rouges et blancs élimée posée sur le rebord de l'évier, la fenêtre qui donnait sur la cour grise, le local poubelles à la porte cassée.

Je dessinai les scènes de vendange des vitraux de la Villa Rose. Il aurait fallu colorier les grappes de raisin en violet foncé, en pourpre, les ceps de vigne en marron et noir, les chemises bleues des hommes et les foulards jaune paille des filles, mais je ne voulais rien d'autre, à cet instant, que faire danser mon crayon à papier sur une feuille. Je fus surprise de découvrir que

Mon acrobate

certaines images n'étaient pas de moi. Samuel avait filmé Élise et Nicolas au milieu des cartons, de profil, assis à califourchon sur un tapis du salon. Ils ne se doutaient pas de sa présence. Ils riaient tous les deux devant une sorte de tissu beige aux motifs d'animaux, qu'ils avaient sorti d'un coffre à jouets. La main de Nicolas était posée sur l'épaule de sa jumelle.

Pour Jeannine et Georges, de Montrouge, j'inventai. Je les fis asseoir tous les deux sur un banc dans leur jardin, Samuel entre eux, chacun un carton sur les genoux. Ils avaient l'air très heureux, un peu niais.

L'aube pointait lorsque le téléphone sonna. C'était Étienne. Il appelait rarement. « J'avais envie d'entendre le son de ta voix. Raconte-moi quelque chose, n'importe quoi, et que ça dure, s'il te plaît. » Je connaissais comme lui ces moments où la fatigue nous rend plus vulnérables. Où une simple image, une chanson, une voix pouvaient nous frapper de plein fouet, du manque de notre fille, dans toute sa crudité et sa vastitude. Je lui parlai de Samuel, de nos journées. Je lui décrivis les dessins que je tenais entre les mains, Barbara, le syndrome de Diogène, ses couchers de soleil qui couvraient les murs de notre appartement. Il écoutait en silence.

« Merci mon cœur », me dit-il avant de raccrocher.

L'INSTANT

« Mais il s'est passé quoi, exactement, entre le père et la fille ? » Samuel conduisait. Nous roulions vers Neuilly. Quand il disait « exactement », je lui aurais volontiers

Mon acrobate

arraché la langue. Propriété privée, on ne touche pas à ce mot. Je me concentrai sur le tapis de feuilles mortes qui jonchait les trottoirs et me donnait des envies de forêt. J'adorais les couleurs et les odeurs de l'automne, plus que de n'importe quelle autre saison. Je racontai à Samuel le peu que je savais. Il n'était pas satisfait, convaincu que je lui cachais quelque chose.

« Mais pourquoi vous n'avez pas demandé ? Elle n'était pas obligée de vous répondre.

— Je te l'ai dit, ça ne me regarde pas. Si elle avait voulu se confier, j'aurais écouté, mais je ne veux pas, comment dire... forcer les portes. D'ailleurs, j'ai senti que Barbara était soulagée que je ne cherche pas à en savoir plus, tu comprends ?

— Si ça se trouve, on va découvrir des trucs dégueulasses chez ce bonhomme, genre des cadavres d'enfant dans les placards.

— Fais-moi plaisir Samuel, arrête de parler jusqu'à ce qu'on arrive.

— J'ai dit un truc qui fallait pas ?

— Non. »

Richard M*** habitait boulevard d'Inkermann, une résidence chic qui ressemblait à toutes les résidences chics de Neuilly. La concierge était méfiante, nous n'avions pas des têtes de déménageurs. Elle n'avait pas tort. Je lui passai Barbara, au téléphone. « Il avait son caractère mais il était bien poli et c'est déjà pas mal », commenta-t-elle en nous accompagnant au quatrième étage.

L'appartement était lumineux et très agréable. Moquette, tissu uni sur les murs, le mobilier était essentiellement XVIIIe. Le salon et la salle à manger donnaient sur une terrasse, la chambre et le bureau sur le jardin. Les filles de Barbara auraient bientôt une somme non négligeable sur leur compte en banque. Il fallait une sacrée volonté pour refuser tant d'argent. Ou en avoir déjà beaucoup, ce qui ne semblait pas être le cas de ma cliente.

Samuel pouvait être horripilant : « Elle a bien dû vous donner les noms des associations à qui elle voulait donner cet argent. Ça pourrait être un indice, nous mettre la puce à l'oreille.

— Puisque je te dis que je ne lui ai rien demandé !

— Pourquoi vous riez ?

— Parce que je trouve ça drôle que tu emploies cette expression, "la puce à l'oreille". C'est mignon, mais c'est étonnant dans la bouche de quelqu'un de ton âge.

— Ben, je ne vois vraiment pas pourquoi. »

Je l'avais vexé.

Je triai les papiers de Richard M***. Il était avocat d'affaires.

« C'est elle, Barbara ? » Samuel me tendait des photos, sorties d'une grande enveloppe. C'était bien elle, à trois époques différentes. Sur un banc avec une amie, sortant d'un immeuble, à la terrasse d'un café, marchant dans la rue... Elles avaient été prises à la dérobée. Richard M*** avait fait suivre sa fille. Je décidai de ne rien lui dire. « Si c'est ce que je crois, un mec pareil, il aurait mérité qu'on l'fume », conclut Samuel, qui, décidément, parlait plusieurs langues.

Une odeur tenace imprégnait l'appartement. Samuel l'avait sentie le premier, mais comme souvent, il mit du temps avant d'en trouver l'origine. Une odeur de

Mon acrobate

bois, jugea-t-il d'abord, à laquelle, quelques heures plus tard, il ajouta le patchouli. La cire à bois, peut-être ? Il haussa les épaules. Mon absence de flair l'affligeait.

Je pris contact avec un commissaire-priseur. Il viendrait faire son estimation dans huit jours. Samuel photographia tous les objets que nous comptions vendre sur eBay et Leboncoin. Sa mère connaissait une association qui récupérait les livres à domicile, pour les bibliothèques des prisons. Richard M*** était peut-être un salaud, mais un grand lecteur. Nous fîmes des cartons toute la journée, triâmes, jetâmes... Samuel n'en revenait toujours pas : « C'est l'hallu, faire suivre sa fille. Qu'est-ce qu'il avait dans la tronche, ce type ? »

Je pris mon téléphone et appelai Barbara. Je devais savoir ce qu'elle comptait faire de certaines des affaires de son père, notamment ses dossiers professionnels confidentiels. « Vous m'appelez de là-bas ? La prochaine fois, si vous avez besoin de me parler, faites-le d'ailleurs, s'il vous plaît. »

Samuel cria : « Bingo ! » Il revenait, victorieux, de la salle de bains, une bouteille de parfum à la main, *L'Instant*, de Guerlain. « L'odeur, j'ai trouvé ! »

Je lui suggérai de se renseigner sur le métier de nez, qui pourrait lui convenir. Il me répondit un oui évasif.

Je ne filmerais pas l'appartement. Je me méfiais de Richard M***, même mort. Je trahissais mes prétendus principes : ne pas juger les disparus, des inconnus, préserver quelque chose d'eux à travers mes images. J'étalai les photos de sa fille sur la table de la salle à manger. Je les filmai, ça et rien d'autre, avant que Samuel les brûle dans la cheminée.

Mon acrobate

LA CHAMBRE

Zoé faisait de la gymnastique artistique. C'était sa passion. Si elle avait pu, elle serait allée s'entraîner tous les jours au gymnase.

Ce qu'elle préférait, c'étaient la poutre et les barres parallèles. Je la regardais se préparer, seule dans son coin, détachée des conversations et bruits environnants, avant d'enchaîner les figures au sol et de se hisser sur la poutre, le corps tendu comme un arc, les jambes souples et fermes, les bras déployés au-dessus d'elle, le dos se courbant à volonté. Assise à l'écart, je me triturais les mains, j'avais le souffle court, je priais pour qu'elle ne se blesse pas.

Elle prenait son élan avant de s'élancer sur le cheval d'arçons, le port de tête droit, le regard loin devant. Étienne et moi lisions sur son visage, comme dans un livre ouvert, la joie ou la déception que lui procuraient ses performances. Trois fois par semaine, Zoé évacuait dans ce gymnase du 17e arrondissement son trop-plein d'énergie, cette énergie qu'on lui reprochait en classe. Ici, elle était dans son élément.

Étienne voyait dans le corps de sa fille en action des signes de ponctuation. Il trouvait cela très drôle : ses pieds ou sa tête étaient le point du point d'interrogation, du point d'exclamation ou du point-virgule ; arrondi, son dos évoquait une virgule, ses saltos trois petits points…

Mon acrobate

Ici, Zoé la turbulente n'était plus. Fascinés, nous voyions s'épanouir une autre Zoé. Notre petite fille rigolote, à l'âme exaltée, était tout en retenue, hyperconcentrée. Seule l'envie de progresser et d'être la meilleure l'animait. Son corps aussi paraissait différent. Plus mature, plus gracieux, plus mystérieux, il gagnait vingt centimètres d'un coup et quittait l'enfance.

Pourquoi Zoé était-elle douée pour la gymnastique, alors que rien ne l'y prédisposait dans la famille ? Nous ne nous y intéressions pas, si ce n'est à travers quelques reportages à la télé, au moment des JO. De même, pourquoi, brusquement, tout m'avait-il semblé plus simple, pourquoi avais-je eu le sentiment d'être enfin là où je devais être après qu'on m'eut mis dans les mains un bloc de dessin et un crayon ? De quoi étaient faites nos prédispositions ? D'où nos passions tiraient-elles leur origine ? Après avoir lu *La Petite Communiste qui ne souriait jamais*, le roman de Lola Lafon sur Nadia Comaneci, j'avais retrouvé sur Internet avec Étienne de vieilles images des prouesses de la jeune athlète roumaine. Zoé avait quatre ans. Elle était tombée en admiration devant les merveilleuses cabrioles de la gymnaste. Elle applaudissait avec le public. C'est après ces visionnages qu'elle nous avait demandé de l'inscrire à un cours de gymnastique artistique. Nous avions refusé, estimant qu'elle n'avait pas l'âge. Zoé souhaita avoir une frange « comme elle », sa manière de s'identifier à l'enfant surdouée, en attendant de pouvoir commencer. Un an plus tard, elle réitérait sa demande.

Son sac de sport en tissu noir, accroché au montant de son lit, contenait ses chaussons de gymnastique à la semelle fatiguée, son débardeur, ses chouchous, sa gourde. Et l'odeur, mélange de cuir, de bois et de renfermé. J'y plongeai mon visage. J'étais dans la salle, je voyais la poussière virevolter autour des tapis, les gamines en état de grâce, parfois dissipées, parfois sérieuses, les profs qui ne les quittaient pas des yeux, prompts à remarquer ce pied qui déviait légèrement, un genou fatigué, une cambrure trop importante, une seconde de distraction. Je sortis de derrière son lit son tapis de sol vert, l'étalai par terre, passai la main sur les marques d'usure et la petite déchirure sur le côté. Mon acrobate envolée.

Ce n'est pas Zoé qui m'échappait, mais moi qui l'abandonnais, la trahissais. Si je ne la retrouvais plus, dans sa densité et sa chaleur, c'est que le temps m'entraînait, m'éloignait du passé. J'étais emportée par une rivière glaciale, tentais d'en stopper la course en m'agrippant à un tronc d'arbre mais ne pouvais lutter, je finissais par lâcher et dérivais dans le courant. Je ne faisais pas le poids.

Cette chambre n'était plus mon alliée. « Ça suffit, à quoi bon ? » Je poussai la porte. Ma mémoire me faisait parfois défaut, source de confusions, d'extrapolations ou d'interprétations. Des détails m'échappaient.

La mort et l'oubli s'installaient peu à peu dans la chambre de Zoé et je n'y pouvais rien. Ils salissaient tout, n'avaient aucune pitié. Ils ne me laisseraient pas faire. Ils finiraient par transformer sa chambre en mausolée.

Mon acrobate

CIGARETTE

Après l'appartement de Richard M***, je vis peu Samuel. Nous réglions chacun de notre côté quelques points en suspens, les meubles de Jeannine et Georges restant à débarrasser, qui attendaient dans leur maison de Montrouge, les documents de Richard M*** à remettre au notaire, les antiquaires à accueillir chez lui, des factures en retard...

J'avais encore du mal à lire, à regarder la télévision ou à écouter la radio. Un matin, je marchai jusqu'à la boutique de ma mère, rue Laffitte. En arrivant, je fus submergée par une vague de panique que je ne parvins pas à contrôler. J'étais arrêtée en plein milieu du trottoir, incapable du moindre geste, sauf à me donner en spectacle. Je ne voulais plus me donner en spectacle, même devant Hélène. Dans tous les endroits où nous avions nos habitudes, Zoé et moi, je perdais mes moyens. En aurais-je un jour fait le tour ? Pourrais-je me promener dans Paris sans méfiance ni peur qu'un nouveau souvenir me terrasse ?

Céline, la jeune femme avec laquelle ma mère s'était associée quelques années auparavant afin d'alléger son emploi du temps, était là elle aussi. Sans pouvoir entrer, j'observais Hélène aller et venir, les bras pleins de fleurs, remplir les vases, déplacer des pots. Elle fit une pause, pour fumer une cigarette dans la cour du fond, adossée contre le mur, l'air songeur. Je connaissais ces gestes par cœur. Ma mère, fumeuse invétérée... Je sortis mon carnet dans la rue et la dessinai au milieu de ses fleurs et de ses plantes, derrière son comptoir, de profil, la cigarette à la main, ses lunettes fumées retenues par leur chaîne aux maillons argentés sur sa poitrine, son chignon négligé, sa jupe fendue sur le côté, chaussée de ses escarpins noir et vert, sanglée dans son tablier en toile bordeaux.

MENTEUSE

Je mis mon dessin en couleur avant de le lui offrir, le lendemain, à l'appartement. Elle l'étudia minutieusement. Elle ne me demanda pas pourquoi je n'étais pas entrée, seulement si « c'était hier ». Elle le tenait avec tant de délicatesse que je me moquai d'elle. « Maman, ce n'est pas le chef-d'œuvre du siècle, quand même ! » À quoi elle répondit qu'il serait temps que j'arrête de me dénigrer. C'était la première fois que je faisais quelque chose pour elle depuis la mort de Zoé. Plus tard, elle accrocherait le dessin dans sa boutique.

Je pris l'avion pour Nice. Nous devions vider le deux-pièces d'un homme qui s'y était donné la mort. J'avais laissé le choix à Samuel, nous n'étions pas obligés d'accepter. Mais que le type se soit pendu dans son appartement ne lui faisait ni chaud ni froid. Il était très content de descendre sur la Côte d'Azur, c'est tout ce qui comptait pour lui. J'aurais voulu qu'il refuse. Je commençais à en avoir assez des déménagements, mais

Mon acrobate

ne pouvais me permettre d'arrêter sans avoir retrouvé du travail, de quoi m'occuper. Je dessinais par à-coups, dans l'urgence. Je n'étais pas assez en confiance pour reprendre le dessin à plein temps, honorer une commande, encore moins pour démarcher les agences de communication et les maisons d'édition. Désœuvrée, seule chez moi, je rejoindrais mon lit et disparaîtrais sous les draps. Et je ne voulais pas laisser tomber Samuel tant qu'il n'aurait pas un vrai projet.

Thomas avait préparé son suicide plusieurs semaines avant de passer à l'acte. Il avait laissé, me dit son frère, trois lettres sur sa commode, une pour son frère Marc, qui m'avait contactée, une pour sa sœur, une pour ses parents.

Depuis que sa décision était prise, leur écrivait Thomas, il était apaisé. Il leur demandait pardon. Ils ne devaient surtout pas se sentir coupables. Ce n'était pas leur faute s'il se sentait seul. Sa vie eût sans doute été différente s'il avait rencontré quelqu'un après son divorce, ou eu des enfants, malheureusement, cela ne s'était pas présenté. Il n'avait pas de vrais amis. C'était lui qui avait installé cette distance amicale et amoureuse, creusé un fossé de plus en plus large avec les autres. Il en était conscient. Au début, il l'avait voulu. Ensuite, regretté. Il était trop tard pour revenir là-dessus. Il ne travaillait plus. Les journées passaient lentement. « Je m'ennuie à mourir (pardon pour le jeu de mots, frérot), parce que rien ne me fait envie, je ne suis plus curieux de quoi que ce soit. » Après avoir travaillé à Paris, dans la finance, il avait négocié son départ à cinquante-sept ans, contre des indemnités importantes. Ne pas avoir de problème d'argent était une chance. Mais le monde tournait sans lui, personne n'avait besoin de lui. Marc s'en voulait de ne pas avoir plus souvent pris des nouvelles de son aîné, dont il était convaincu qu'il était plus proche de leur petite sœur. Qu'une complicité les liait tous les deux dont il était exclu, même si elle affirmait le contraire. La sœur ne comprenait pas pourquoi Marc s'était mis cette idée en tête. Sa réaction était assez incompréhensible mais elle était furieuse, contre lui et contre Thomas.

Si Thomas lui avait dit un mot de son mal-être, Marc l'aurait convié à se rapprocher de chez lui, à Annecy. Mais il ne se plaignait de rien, jamais. Marc pensait qu'il était heureux, alors qu'il s'en rendait compte aujourd'hui, rien dans l'attitude de son frère ou dans ses propos ne l'indiquait. Mais Thomas était le grand, celui qui assurait. « C'était un roc. Enfin, c'est ce que je croyais... » Il aurait dû se douter de quelque chose quand Thomas l'avait invité à l'improviste avec sa femme et ses enfants dans un deux-étoiles d'Annecy, où il offrit ses montres à ses neveux et le petit diamant que, plus jeune, il portait à l'oreille à sa nièce. Cela avait surpris Marc, une intuition fugitive, qui disparut aussi vite qu'elle était venue. « On peut beaucoup pour ceux qu'on aime, mais on ne peut pas tout », lui avais-je dit avant de raccrocher.

Marc comptait s'occuper lui-même de l'appartement de son frère, mais une fois sur place, il avait fait une crise d'angoisse. « Une vraie, pourtant, je vous assure que ce n'est pas mon genre. » C'est sa femme qui trouva mes coordonnées sur Internet.

Selon Samuel, Thomas avait été courageux, il avait « fait les choses bien ». J'en étais moins sûre. Il laissait des parents âgés dévastés par le chagrin, un frère rongé par la culpabilité, une sœur en colère.

Par SMS, Marc me transmit la liste de ce qu'il souhaitait conserver. Il ferait le voyage à Nice après que nous aurions vidé les lieux. « Pourriez-vous également vous occuper de l'agence immobilière qui est chargée de vendre l'appartement ? »

J'avais réservé deux chambres dans un hôtel modeste, proche de la place Masséna, près de l'appartement de Thomas. Après avoir déposé nos affaires, nous nous sommes promenés dans la ville. Il faisait beau. Nous avons déjeuné dans un café sur la promenade des Anglais, face à la mer. Samuel découvrait Nice. De manière générale, il connaissait peu la France. Ses parents quittaient rarement Villejuif. Avec la maladie de son frère, les bonnes raisons de rester à la maison ne manquaient pas, de nouveaux examens, la peur d'une rechute brutale loin d'un hôpital, la fatigue, l'impossibilité de se projeter plus loin que le lendemain... Samuel ne partait pas en colonie, il avait trop peur de s'éloigner de son frère. « Mes vacances, de toute façon, elles étaient niquées d'avance, je pouvais pas me sortir Julien de la tête, ni mes parents coincés chez eux, alors je restais. Ils n'insistaient pas trop. Aujourd'hui, je regrette, ça m'aurait fait connaître autre chose. Dans la famille, la priorité, c'était lui. C'est comme ça. »

Avec ce frère qui prenait toute la place, objet de toutes les inquiétudes, Samuel avait dû se débrouiller seul, sans faire d'histoires. Il était en bonne santé, s'en sentait coupable. Je n'avais pas pris la mesure avant, de ce que son enfance avait eu de spécial. « J'exagère un peu mais ma mère, des fois, elle m'oubliait. Elle promettait de m'emmener à la base nautique, au cinéma, de m'inscrire au foot... mais elle le faisait pas, soit qu'elle zappait, soit qu'elle était coincée à cause de Julien. Alors, pour remplacer, elle me donnait de l'argent et j'y allais seul, ou avec un copain. Je ne peux pas vous dire combien de fois elle m'a demandé pardon. »

Si son fils allait s'installer au Canada, ou ailleurs à l'autre bout du monde, sa mère le supporterait-elle ? Il devait partir, pourtant, profiter enfin de sa jeunesse. Nos déménagements insolites n'étaient qu'une étape dans le parcours de Samuel. Un tremplin vers la confiance et la stabilité, psychique et financière. Ce n'était déjà pas mal. Mais il méritait mieux.

« À quoi vous pensez ?

— À rien de particulier, je t'écoute.

— Menteuse, ça fait cinq minutes que je n'ai pas dit un mot. »

ÉTIENNE

« Et si elle ne revenait pas ? » L'espoir s'amenuisait, de jour en jour. Hélène m'avait dit qu'Izia songeait à arrêter les déménagements. Elle ne m'en avait pas parlé, ce n'était pas bon signe. Pourquoi revenir avec moi ? Nous n'étions pas parvenus à faire face ensemble à la mort de Zoé. Je n'avais pas su l'aider. Elle s'était relevée après que je fus parti.

Quand je l'avais au téléphone, je n'osais rien lui demander, de peur qu'elle officialise sa décision : notre séparation définitive. Je ne savais plus lui parler. Je ne l'appelais plus que pour entendre sa voix, pouvoir me dire pendant quelques secondes qu'elle était encore à moi, que je comptais toujours, car, sinon, elle n'aurait même pas décroché. Je saisissais le moindre mot au vol, une phrase, une intonation, n'importe quoi, pour me rassurer. Je l'emportais avec moi quand j'avais raccroché.

Je ne pouvais pas avoir tout perdu.

IL Y A DES THÉS QUI DURENT

Où Thomas s'était-il donné la mort ? Nous n'eûmes pas à chercher longtemps. Il s'était pendu aux poutres de son salon. Un morceau de ruban adhésif jaune y était accroché, surplombant deux ronds tracés à la craie sur le parquet. Nous étions troublés, quoique Samuel n'en laissât rien paraître. Je comprenais mieux pourquoi Marc avait pris la fuite. Le mobilier était poussé contre les murs, le tapis roulé dans le couloir.

Le deux-pièces semblait tout droit sorti des années soixante-dix. Les sœurs auraient adoré. Samuel trouvait la déco « à chier ».

Marc tenait à ce que je filme l'appartement. Il ne m'avait pas dit ce que je devais faire des meubles. Nous contacterions chacun de notre côté des antiquaires de la région. Samuel déposa dans l'entrée les cartons que je l'avais envoyé acheter pendant que je tournais ma vidéo et redescendit boire un café.

Je commençai le travail de tri. Thomas était maniaque. Tout était rangé, les photos dans une boîte et dans un album, des lettres d'une ancienne petite amie, de son ex-femme, des cartes postales. Au milieu des ouvrages d'art, en nombre sur les étagères, était intercalé un journal que ses collègues avaient réalisé pour son pot de départ. Thomas avait le visage avenant, d'un bon vivant. Comment était-il parvenu au point de non-retour ? À ce moment où, à force de solitude, on n'est plus capable d'aller vers les autres, où l'on refuse jusqu'aux occasions qui se présentent parce qu'il est trop tard ?

Dans l'échelle du malheur, je me situais bien au-dessus de Thomas. Pourtant, je n'avais pas réussi à mourir. Je ne comprenais pas son geste. Les tragédies l'avaient épargné, l'ennui et la solitude étaient des maux bénins, faciles à combattre si l'on s'en donnait les moyens. Je stoppai là mes réflexions. Les malheurs ne se comparent pas. La vie pouvait devenir insupportable sans drame. Je devenais conne, et aigrie.

Samuel tardait à revenir. Une heure passa, je commençai à m'inquiéter. Son portable était sur messagerie. S'il lui était arrivé quelque chose ? Ce n'était pas dans ses habitudes de disparaître. Je me raisonnai, Samuel n'avait pas besoin d'une deuxième maman. Deux heures plus tard, il sonnait à la porte. Je l'engueulai un peu, il me laissait tout le boulot, ne me passait même pas un coup de fil. « Il y a des thés qui durent », me répondit-il en rigolant.

CE DÉCHAÎNEMENT DU CORPS ET DE L'ÂME

Étienne m'appela alors que j'allais m'endormir. Depuis quelque temps, il me téléphonait. Je sentais qu'il voulait me poser des questions, me confier des choses mais qu'il n'y parvenait pas. Je ne faisais rien pour l'encourager. Dans sa précédente lettre, il avait oublié de me dire à quoi Guy faisait allusion.

Mon acrobate

Quelques semaines après la mort de Zoé, il s'était rendu chez les parents de Chloé, sans prévenir. Guy lui avait ouvert la porte. Étienne l'avait collé au mur. Il hurlait que Julia n'aurait jamais dû laisser Zoé seule sur le trottoir, qu'à cause d'elle sa fille était morte. Il les traita de salauds, d'ordures, d'assassins. Puis il aperçut Julia, debout dans le salon, immobile et silencieuse. Ce n'est qu'alors qu'il remarqua le visage abîmé de ses amis. Il lâcha Guy, qui ne s'était pas défendu, ne disait mot. Il prit la console de l'entrée, la fracassa contre une armoire vitrée. Le bruit du verre brisé les surprit, tous les trois. Étienne était légèrement blessé au niveau du poignet, le sang gouttait sur le tapis. Il leur tourna le dos et partit.

Cette rage intense, c'était « une digue qui lâche », se justifia-t-il. « J'avais des accès de fureur, besoin de me déchaîner sur quelqu'un, ou quelque chose. C'était comme une drogue, indispensable à ma survie. »

Cela prit des mois avant qu'Étienne admette que seul François Descampier était fautif. Pourquoi ne m'avait-il pas raconté avant ce qui s'était passé chez Julia et Guy ? « Tu n'étais pas en état de m'écouter, de me comprendre, et je savais au fond de moi que j'avais fait une connerie. Julia et Guy ne sont pas pour rien dans la mort de Zoé, mais ils n'en sont pas responsables. »

Marc n'avait pas perdu de temps. Un antiquaire et une galeriste me contactèrent dès le réveil, après une nuit de sommeil troublé par les révélations d'Étienne. Ils voulaient des photos avant de se déplacer. Le premier ne donna pas suite, la seconde était intéressée par la table basse, les lampes et le canapé.

Nous dînâmes dans une pizzeria de la vieille ville. Samuel était d'excellente humeur. Il faisait encore

Mon acrobate

doux pour la saison, nous nous installâmes en terrasse.

Je reconnus la voix tandis que je lisais la carte. Je relevai la tête et vis Zoé, de dos, quelques tables plus loin. Les mêmes cheveux noirs tenus par un chouchou, les mêmes épaules, les omoplates saillantes, sa façon de pencher la tête sur le côté. Elle était assise à côté de son grand frère, leurs parents riaient en la regardant. Elle devait faire le pitre, raconter une histoire drôle. Elle leva les bras vers le ciel, fit des ronds avec les poignets. Je fermai les yeux. Ce geste, si semblable à celui de Zoé. C'était trop.

« Ça va ? Vous regardez quoi, là ? » Samuel se retourna, suivit la direction de mon regard. Je prétextai un coup de fatigue, tentai de me concentrer sur notre conversation. La veille, s'il avait tardé à remonter chez Thomas, c'est qu'il avait discuté au téléphone avec sa mère, longtemps. Il n'avait pas eu le courage de lui parler en face du Canada. Il avait attendu d'être loin. « C'est nul, hein ? » Je tentai de le convaincre que l'essentiel était de lui avoir parlé. Elle n'a pas réagi, poursuivit-il. Il entendait sa respiration. Elle s'est mise à pleurer, « doucement », crut-il bon de préciser. Il était tétanisé, n'osait plus dire un mot. Elle a repris la parole et dit qu'elle comprenait. Il devait faire sa vie, et partir au Canada, c'était une belle expérience, si c'est ce qu'il souhaitait. Ils en reparleraient quand il rentrerait. Il ne fallait pas qu'il s'inquiète pour elle. Et tiens, son père et elle pourraient profiter de l'occasion pour déménager, prendre un nouveau départ. Samuel connaissait bien sa mère, elle ne bougerait pas, car elle aimait beaucoup son appartement, « c'est des foutaises pour me rassurer, pour me faire croire que ça va aller, elle a dû s'en mordre les doigts d'avoir pleuré ».

La petite fille riait de nouveau. Je me levai d'un coup, longeai les tables d'un pas rapide, jusqu'au trottoir. Je fis demi-tour. Je la vis. Elle ne ressemblait pas du tout à Zoé. Devant elle, sur la table, elle avait posé une figurine Pop, un Batman. Les Pop étaient toujours à la mode, donc, comme du temps de Zoé. « Comme du temps de Zoé. » Quelle expression étrange. Le temps de Zoé n'était plus. « C'est normal, ce que vous faites, de vous lever comme s'il y avait le feu ? Vous pouvez m'expliquer ? » Samuel était abasourdi. « C'est rien. Une crampe dans le mollet. »

NICE

Le lendemain, en début d'après-midi, Marc débarqua à Nice avec son fils, en camionnette. Nous avions rendez-vous en bas de chez son frère. Nous allâmes boire un café, pendant que les jeunes chargeaient les cartons. Marc tenait à me payer tout de suite. Il avait décidé d'attendre avant de mettre en vente l'appartement. Tout n'était pas encore réglé avec le notaire et il était préférable de laisser passer quelques mois, « les pendus ne font pas monter les prix de l'immobilier, c'est le moins qu'on puisse dire », plaisanta-t-il. Comme celui de son frère, le visage de Marc inspirait la sympathie. En temps normal, il devait être très sûr de lui. Pour l'heure, il était perdu. « Je m'en veux de ne pas l'avoir aidé, de n'avoir rien compris, mais je suis en

Mon acrobate

colère, aussi. Dans sa lettre il me demande pardon, mais ça ne passe pas. » Marc avait besoin de parler de son grand frère. « Quand j'étais gamin, c'était mon dieu. Il a quitté la maison pour ses études, c'était normal qu'il s'en aille, il avait huit ans de plus que moi. Mais j'ai accusé le coup. » Marc gérait des restaurants à Annecy. Il me posa des questions, sur ce qui m'avait poussée à monter mon entreprise de déménagement, sur Paris, ma situation familiale. Je mentis. Seule mon adresse était vraie. C'était minable, mais comment faire autrement ? Raconter l'accident épouvantable de ma fille, le départ d'Étienne, les raisons morbides à l'origine de ma société ? La marche était insurmontable. Et je ne supporterais pas sa condescendance, sa mansuétude ou sa gêne s'il savait.

Avant de quitter le café, il me remercia. Il était très ému. « Vous savez, ce que vous m'avez dit au téléphone, ça m'a enlevé un vrai poids. Vous avez raison, on ne peut pas tout pour les gens qu'on aime. Une part d'eux nous échappe. Et chez mon frère, cette part était bien plus importante que je ne le pensais. »

Il restait de la place sur le vol de 16 h 20 pour Roissy, le lendemain. Je réservai les billets. Samuel serait volontiers resté quelques jours de plus, mais un nouveau déménagement nous attendait à Paris. Au téléphone, la cliente, affolée, répétait en boucle qu'elle ne savait pas ce qu'elle allait bien pouvoir faire de tout ce bazar, les meubles de l'appartement de sa mère décédée. Nous ne pouvions lui faire faux bond.

Le soir de notre départ, Marc nous invita à dîner au Plongeoir, un restaurant suspendu au-dessus des flots, à la vue spectaculaire. Thomas y emmenait son cadet quand il venait à Nice. Samuel était médusé par la vue panoramique et le standing. Jonathan était timide. Il était triste pour son père, c'était la première fois qu'il le voyait ainsi affligé, et très attentionné à son égard. La tendresse que partageaient le père et le fils sautait aux yeux.

Le jour de la mort de ma grand-mère, j'avais vu les trois sœurs pleurer à chaudes larmes. Moi aussi, j'étais stupéfaite. J'étais bien plus jeune que Jonathan, j'avais dix ans. Je crus que leur joie de vivre allait disparaître à tout jamais, emportant avec elle les femmes que j'avais connues.

Certaines nuits, à peine couchée, les yeux fermés, je savais que j'allais peiner à m'endormir. Ma dernière nuit à Nice fut de celles-là. Je me rhabillai, quittai l'hôtel et marchai jusqu'à la promenade des Anglais, déserte à cette heure. Je repensai à ce que m'avait dit Marc à propos du pardon. Me pardonnerais-je un jour ? Je n'avais pas su protéger Zoé.

Je m'assis sur les galets. J'écoutais le bruit des vagues. D'une boîte de nuit, au loin, provenait un bruit de basses, des spots bleus et rouges tournoyaient dans le ciel.

S'étendre seule face à la mer, se balader avec des copains ou l'être aimé sur une plage, danser avec ses amis, parler toute la nuit, la première cigarette, le premier verre de trop, séduire et être séduite, envisager l'avenir avec gourmandise, tirer des plans sur la comète... Zoé en était privée, pour toujours, et de tant d'autres choses encore.

« Zoé, dis-moi, pour Marc.

— Trop gentil-gourmand-généreux », me souffla-t-elle.

Mon acrobate

CE SERAIT QUOI LA SOLUTION, SAMUEL ?

C'était l'anniversaire de la mère de Samuel. L'avion posé, il devait retrouver ses parents et sa tante dans un restaurant italien du 12ᵉ arrondissement.

« C'est une chance que l'on rentre aujourd'hui. Tu aurais fait comment si nous avions dû rester à Nice ?

— Ben j'aurais pas dîné avec eux.

— Ah oui, et ta mère n'aurait pas été déçue ?

— Ben si. Mais les anniversaires et Noël, ce sont les pires moments. Je les hais. Ça m'aurait fait une excuse. Je sais comment ça va se passer, on va faire semblant d'être contents de se retrouver, mais chacun de nous aura Julien en tête.

— À votre manière, vous tâchez de rester une famille, sans que Julien y prenne trop de place, sans l'oublier non plus. L'équilibre est difficile à trouver. Ce serait quoi, la solution, Samuel ? Vous interdire ces moments de bonheur, ne plus vous voir sous prétexte que ce drame se met entre vous ? »

Tandis que je parlais, je me demandais pourquoi je lui tenais ce discours. Ce n'était pas ma vie. Je détiendrais des savoirs insoupçonnés, sur la famille de Samuel que je ne connaissais pas, sur la place qu'il convient d'accorder aux morts ? Étais-je la mieux placée pour donner des leçons ? Moi qui à peine rentrée chez moi allais me précipiter dans la chambre de Zoé, tenter de

Mon acrobate

l'y retrouver, moi qui tenais, quel qu'en soit le prix, à tout garder en l'état, qui ne parlais d'elle à personne.
Je changeai de sujet.
« Tu lui as fait un cadeau ?
— Je lui offrirai quelque chose plus tard, j'ai pas eu le temps.
— Elle aime les fleurs ?
— Oui je crois. Des fois, elle s'en achète au marché.
— Tu pourrais lui offrir un très beau bouquet...
— Pourquoi pas. Mais j'y connais rien en fleurs, c'est vraiment pas mon truc. »
J'emmenai Samuel dans la boutique de ma mère. Pour en franchir l'entrée, je dus chasser les souvenirs de ces jours de muguet et de fête des Mères où Hélène embauchait sa petite-fille. En ces week-ends d'affluence, elle n'était pas assez grande pour être efficace, mais peu importait. À la fin de la matinée, Hélène lui donnait vingt euros. Zoé était si fière ! Elle pliait le billet avec soin, en un tout petit carré, avant de le fourrer dans sa poche. Le bouquet de Samuel était magnifique. Ma mère s'était surpassée. Elle lui en fit presque cadeau, parce qu'elle était contente de le connaître et qu'il l'avait étonnée. Il avait passé son temps à renifler les fleurs, s'amusant à en décrire les odeurs, « verveine et muscade », « orange », « café et myrrhe », « genre Pliz, très chelou ». Nous fumions tous les trois dans la petite cour. Samuel dévisageait ma mère. Elle en imposait encore aux hommes. « Je ne savais pas que vous étiez fleuriste, Izia ne me l'avait pas dit. » Il parlait comme si je n'étais pas là. Elle sourit, écrasa sa cigarette dans le cendrier, se tourna vers moi, replaça une mèche de mes cheveux derrière mon oreille et rejoignit la boutique.

Mon acrobate

Sur le trottoir, avant de partir, il me remercia :
« Votre mère, c'est la grande classe, hein. Remarquez, vous aussi.
— Ah oui, tu trouves ?
— Je trouve quoi ? Que votre mère a la classe ?
— Non, moi. Ma mère, ça ne fait pas l'ombre d'un doute.
— Ben oui, vous aussi. Et vous avez un autre point commun, quand vous n'avez pas envie de répondre, vous faites simple, vous ne répondez pas. Je vais pas passer pour un bouffon au restau, avec mon bouquet ? »
Je l'assurai que non.

LA CHAMBRE

Sur l'étagère, le Batman était bien là, le même que celui de la petite fille de Nice, entre la Reine des neiges et Pumpkin Stitch. Je passai un chiffon sur les douze Pop. C'est Jacques, un ami, qui lui avait offert la figurine de Freddie Mercury, puis fait écouter *The Show Must Go On* et *Radio Ga Ga*. Qui lui avait donné Gepetto ? Mes souvenirs se dissipaient, se mélangeaient les uns avec les autres, certains détails m'échappaient. Dénués d'importance autrefois, nous n'y prêtions pas attention, mais Zoé disparue, il était impossible de faire sans eux si on voulait évoquer le passé avec justesse.

Un jour, quand je me sentirais prête, je regarderais à nouveau ses photos, mieux, ses vidéos, mais ce que je connaissais de ma fille, que je portais en moi, au plus profond de mon être, ne passait pas par les images.

Mon acrobate

À quoi rimait cette chambre, sans elle ? La mappemonde immobile sur son socle ? Zoé ne fermait plus les yeux, ne la faisait plus tourner très vite, n'y posait plus son doigt au hasard, ne nous annonçait plus que quand elle serait grande, elle achèterait une maison à Colombo, Pékin ou Split. Les casseroles de sa dînette prenaient la poussière. Plus personne ne faisait semblant de mâcher ses faux œufs sur le plat en s'exclamant « c'est un délice ! » ou n'agitait la fausse bouteille de ketchup avant d'en verser dans l'assiette en plastique gondolée en disant « ouh là là, il coule trop vite ». Dans le chalet Sylvanian, la famille hérisson dormait sagement, les parents d'un côté, les enfants de l'autre, d'un sommeil éternel. Les peluches étaient définitivement rangées sous son lit. Elles ne prendraient plus jamais place à côté de Zoé, pour la nuit.

La petite fille n'était plus, qui admirait Nadia Comaneci, en poster sur son mur en train d'exécuter un flip-flap à la poutre, rentrée de Montréal en cette année mémorable avec une note de 10/10, du jamais vu.

Comment sauver ce qui était en train de se perdre ?

LA MÉDITERRANÉE

Pendant une semaine, je ne revis pas Samuel. Je passais du temps avec les sœurs, à qui Jean-Louis, leur ami d'enfance, rendait visite. Ce furent des jours de plénitude. Nous étions toutes les quatre heureuses de le voir. Ce devait être gai, nous avions donc décidé, sans nous le dire, de faire un effort, de chasser la mélancolie dès que nous la sentirions poindre. La tristesse ne nous atteindrait pas. Et nous y étions parvenues. Jean-Louis était plus âgé que les sœurs. Il était comme un vieil oncle protecteur, l'un des hommes les plus cultivés que j'aie connus, une sorte de dandy d'une autre époque, cynique et drôle, doué d'un sens de la repartie que je lui enviais, tiré à quatre épingles quelles que soient les circonstances ou l'heure de la journée. Plus jeune, j'aimais à m'imaginer que c'était lui, mon père. Il était déjà venu à Paris après la mort de Zoé, mais je l'avais évité.

Il était professeur d'histoire de l'art et conservateur de musée. Ensemble, nous avions arpenté nombre de musées. Il m'avait appris la critique, à regarder un tableau au-delà de l'émotion, à en décrypter le contexte, en étudier la composition, les lignes de force, la lumière, le point de fuite, la palette de couleurs... Il avait été fier que je fasse les Beaux-Arts, puis déçu que je ne persiste pas dans cette voie. Il pensait que j'aurais pu être un bon peintre.

Tous les cinq, nous voulions absolument voir la collection Morozov, à la fondation Louis-Vuitton. J'aimai *La Méditerranée*, le triptyque de Bonnard, au point d'en oublier ce qui m'entourait. Je me transportai au milieu de la scène, et des enfants assis par terre, des chats se prélassant. J'étais bien, à l'ombre des arbres, la mer au loin. Je humais l'odeur des pins, goûtais le chant des cigales, regardais la poussière de terre sèche se soulever quand quelqu'un passait. Cela faisait des années que je n'avais pas ressenti un tel élan pour un tableau.

Jean-Louis était extrêmement gentil avec les sœurs. Il n'avait jamais été désagréable, mais il parlait désormais et se comportait avec ses « petites chéries » comme si elles étaient devenues fragiles et susceptibles. Et si c'était le cas ? Et si, focalisée sur ma personne, je n'en avais rien remarqué ? Lorsqu'il n'était pas d'accord avec l'une d'elles, il se taisait ou changeait de sujet. C'était nouveau, chez lui qui voulait toujours avoir le dernier mot. Il ne se comportait pas de cette façon *avant*. Il me jetait un regard complice et me souriait, l'air de dire « il est préférable, n'est-ce pas, que je n'insiste pas ». Avec moi aussi, il était différent, plus attentif à mes réactions, plus tactile. Il enfermait mes mains dans les siennes lorsque nous nous faisions face. Sa présence m'apaisait. Dans un café où nous avions fait halte, je posai ma tête sur son épaule et fermai les yeux. Anne prit une photo de nous deux, qu'elle me montra plus tard, chez elle. Jean-Louis regarde l'objectif. Il sourit. Il semble à la fois étonné et ravi de ce moment de tendresse. Il se tient très droit, un peu crispé, les épaules relevées, comme s'il retenait sa respiration, de peur de tout gâcher. Je suis si pâle. Lorsqu'il fut parti, je demandai à ma mère s'il avait assisté à l'enterrement de Zoé. « Bien entendu. » Elle avait l'air surprise que je pose cette question. Je ne m'en souvenais pas.

Samuel me téléphona pour me raconter sa longue conversation avec ses parents. Pourquoi le Canada ? Que feras-tu là-bas ? Pourquoi si loin ? Parce qu'on lui avait dit les Canadiens sympathiques et accueillants, qu'il avait envie de nature, de grands espaces... Ils étaient sceptiques et je les comprenais. Les arguments de leur fils n'étaient guère convaincants. Ils auraient préféré qu'il entame des études.

ÉTIENNE

Je manie les mots et les concepts, on admire mon aisance à l'oral, mon savoir et je maîtrise certains sujets mieux que d'autres. Parmi ceux-ci : la finitude et l'incertitude, l'irréversible et la toute-puissance, le renoncement. J'ai étudié les textes qu'il faut, ma mémoire est excellente, mon esprit rapide, il faut dire que je l'entraîne tous les jours, depuis tant d'années, thèse-antithèse-synthèse, la routine, le b.a.-ba, je déroule raisonnements et points de vue avec souplesse, je chéris le débat, sais susciter la polémique, l'apaiser, aussi... Après la mort de ma fille, la somme de mes connaissances ne m'a pas aidé. J'ai appelé les philosophes à la rescousse, Hegel, Kierkegaard, Derrida, mais ils ne pouvaient rien pour moi, désolé, m'ont-ils dit entre les lignes, il y a des limites, auxquelles on se heurte quand l'enfant perdu est le sien. J'ai entrepris des recherches sur le deuil, une expérience chaque fois unique, et sur la perte d'un enfant, qui ne peut être comparée à rien d'autre, notamment parce qu'elle ne va pas dans le sens de la vie, qu'elle rompt le cycle naturel. J'envisage d'écrire un livre sur le sujet. Izia a raison, la philosophie fait partie de moi, quoi qu'il arrive.

LE COMBLE DE L'EXUBÉRANCE

C'est dans le vaste quatre-pièces de sa mère, tout juste décédée, que Charlotte avait grandi. Son père était médecin généraliste, sa mère directrice des ressources humaines. « Je ne sais pas quoi faire de leurs affaires, moi, et j'ai peur des fantômes. » Vous croyez aux fantômes, Izia ? Non, je n'aurais pas choisi ce métier si c'était le cas. Volubile et curieuse, cette professeure de chant de trente-neuf ans m'avait longuement interrogée sur ma méthode au téléphone.

Elle arriva très en retard. La veille, elle avait égaré les clés de sa voiture, puis oublié son portable chez elle. Elle perdait régulièrement ses affaires, parlait fort dans son smartphone, goûtait les discussions enflammées, était très agitée. Zoé aurait aimé son exubérance et sa chaleur de brune, ses cheveux longs et ondulés, sa bouche charnue aux formes voluptueuses. Moins son rapport aux objets. Son mari nous rejoignit à l'heure du déjeuner. Ingénieur mathématicien, Fabien était un grand échalas tout mou, « Deux de tens' », le baptisa immédiatement Samuel. Charlotte et Fabien, c'était le mariage de la carpe et du lapin. Avec elle, il gardait son calme en toutes circonstances. Remettre la main sur les affaires de sa femme était devenu sa spécialité. Il remontait la piste, avec succès la plupart du temps. Il gardait des photocopies de ses papiers, était devenu incollable en matière d'assurances et un habitué des Objets trouvés, rue des Morillons.

Nous entrâmes dans le salon. Charlotte décréta que nous nous occuperions des autres pièces plus tard. Elle avait hâte de commencer, je n'insistai pas. Nous n'eûmes pas besoin d'état des lieux, puisque Charlotte passerait ses journées avec nous. Elle m'avait autorisée à filmer, mais au fur et à mesure qu'avanceraient nos rangements. Sa mère souffrait d'une sclérose en plaques. Selon sa fille, sa mort signifiait la fin d'un long calvaire.

Elle ne jetait rien sans demander mon avis. C'était épuisant : pour chaque objet, je devais répéter le même conseil, plusieurs fois. Il n'y avait rien de bien précieux dans cet appartement encombré, ce n'était pas la question. Mais elle était tétanisée. Elle n'avait aucun sens esthétique, était incapable de dire si elle trouvait qu'un objet était à son goût, ou pas. Les vêtements ne l'intéressaient pas. Elle portait un vieux jean 501, un pull noir à col en V, des mocassins noirs qui auraient mérité d'être cirés, pas un bijou. Voilà qui expliquait sans doute pourquoi elle perdait ses affaires. Dès le milieu de l'après-midi, elle cessa de nous aider. Elle passa des heures au téléphone. Elle nous proposait du café, chantait des airs d'opéra, entre deux discussions. Elle était continuellement dans notre passage et nous gênait. Le secrétaire du couloir était joli. Vous êtes sûre ? Et que garderiez-vous si vous étiez à ma place ? « Quelque chose qui ne m'encombre pas ? »

D'ailleurs, elle changea tant de fois d'avis que je ne sais plus si, au bout du compte, elle rapporta quelque chose chez elle. Samuel doit s'en souvenir. Son père raffolait des cravates voyantes, qu'il achetait chaque

Mon acrobate

fois que se produisait un événement dans la famille. Je les filmai. Je proposai à Charlotte d'en garder une ou deux. Elle les regarda, longuement, avant de refuser : « La seule excentricité dans la vie de mon père, voyez-vous, c'étaient ses cravates. Toute sa fantaisie, son exubérance se résumait à ça, des bouts de tissu avec des éléphants, des perroquets et des palmiers. C'est un peu court, non ? » Je m'étonnai que sa mère ait gardé les vêtements de son époux. Une fois n'est pas coutume, j'essayai d'en savoir davantage, quels parents ils avaient été. Si bavarde fût-elle, Charlotte esquivait. Elle parlait du présent, pas du passé.

Elle donnait des cours de chant lyrique au conservatoire de Paris, où elle faisait répéter de grands ténors. Elle parlait de son métier avec passion. Elle me fit faire quelques vocalises. Samuel se défila. Elle trouvait que j'avais une jolie voix fêlée, au timbre légèrement trop altéré. Elle trahissait une inquiétude, suggéra-t-elle, sans chercher à en apprendre davantage. Je lui en sus gré.

Une photo de ses parents jeunes était posée contre les livres de la bibliothèque. La femme portait un tailleur beige, des escarpins noirs, sous un brushing parfait, des colliers et des bracelets colorés de pacotille, l'homme un costume sombre et une cravate ornée de papillons. Charlotte ressemblait à sa mère. Je trouvai un coffre à bijoux dans l'antre de la petite cheminée du salon. Je le remis à Charlotte, qui ne savait pour quelle raison sa mère le cachait. Le seul bijou de valeur était une montre Bell & Ross. Le premier soir, elle oublia le coffre sur le canapé du salon. Pourquoi donc était-elle restée avec nous et comptait-elle faire de même le lendemain ? « Elle est sympa mais relou, la Castafiore », conclut Samuel en fin de journée. Il me manquerait quand je ne le verrais plus. Je devrais faire sans sa franchise et ses avis tranchés, sans son regard acéré. Au café ce soir-là, nous parlâmes de nouveau de son avenir. Ses parents insistaient pour qu'il reprenne des études, ici ou ailleurs. « Mon père, ça l'a réveillé d'un coup. Il veut m'emmener à un salon pour les étudiants. » C'était une bonne idée, je le lui dis. Il me raconta sa soirée chez son ami Ben. Ils étaient une dizaine. Il faisait si doux qu'ils avaient fait un barbecue dans le jardin. Les saucisses n'avaient pas pris, puis avaient trop pris.

Il nous fallut deux jours pour vider le salon et la chambre des parents de Charlotte.

LA CHAMBRE

Étienne a la même voix que Leonard Cohen, théâtrale, romantique, vaguement hautaine. Mais Étienne chante faux. Très faux. Ce soir-là, en rentrant chez moi, je faillis l'appeler. Pour entendre cette voix qui m'apaise ou m'excite, c'est selon. Écouter Étienne, c'était regagner une terre familière. Mais qu'avais-je à lui dire ? Rien de décisif. Pourquoi n'arrivais-je pas à lui parler de Zoé, de sa chambre, de ce que j'y faisais ?

Nos douleurs respectives étaient deux terres brûlées, rongées par les flammes, éloignées l'une de l'autre. Si elles se rapprochaient, elles allumeraient de nouveaux brasiers destructeurs. Je ne nous faisais plus confiance.

Je ne l'appelai pas. C'était si facile de renoncer.

Mon acrobate

J'imprimai son coucher de soleil. Je ne connaissais pas ce point de vue, derrière des rochers couverts de bruyère et un ciel bas. C'était très beau. Où était-il ? Je l'accrochai au mur.

Parfois, la solitude, dans la chambre de Zoé, était vivante et inquiétante. Le silence pesant me mettait mal à l'aise, désormais. Veillant sur les lieux, invisible, j'imaginais un gros animal, comme ceux de Miyazaki, tout rond et mystérieux, à la fourrure noire et aux yeux à moitié fermés, tapi dans l'ombre.

J'étais assise sur son lit. Je regardai le couloir. Il me rappelait ses premiers pas, à treize mois. Ma future acrobate, qui sortait de sa chambre en tanguant, frôlant la chute à tout instant, décidée à poursuivre jusqu'au bureau de son père. Son sourire victorieux lorsque, arrivée à bon port, elle sauta dans les bras d'Étienne, qui la souleva du sol et la félicita bruyamment.

FUIR

Il fallait débarrasser la bibliothèque dans le couloir. Samuel récupéra des romans pour sa mère. À 13 heures, nous déposâmes le reste dans les locaux du Secours populaire français, à quelques pâtés de maisons de là. Charlotte déjeunait avec une amie. Bonne nouvelle. Elle avait passé la matinée à faire ses gammes. Des amis de son mari allaient passer, ils récupéreraient la totalité du mobilier pour leur maison du Perche. Je devais annuler les déménageurs avant qu'ils nous fassent un devis.

Mon acrobate

On choisit, pour manger nos sandwichs, un banc à l'écart, au soleil, square de Cluny. Je donnai la moitié de mon thon-mayonnaise à Samuel. J'aimais bien le regarder manger. Il engloutissait, à une vitesse prodigieuse, proprement et sans bruit. Nous allongeâmes nos jambes, la tête sur le dossier, les yeux fermés face au ciel. Nous ne parlions pas. Nous étions bien.

Il restait deux pièces à débarrasser, dans le fond de l'appartement. L'une d'elles était son ancienne chambre, nous indiqua Charlotte, que ses parents avaient transformée après son départ en chambre d'amis-bureau. Elle donnait sur une jolie cour. C'était la pièce la plus agréable. J'allais avoir besoin d'elle pour trier les papiers rangés dans le secrétaire. En revanche, Charlotte refusa de nous suivre dans la dernière pièce. « C'était la chambre de ma sœur », se borna-t-elle à nous expliquer, butée. Pourquoi ne nous avait-elle rien dit d'elle plus tôt ? Samuel marchait devant, il ouvrit la porte. Je me retournai vers Charlotte. En retrait, elle nous regardait d'un air suppliant. Il reposait là, son fantôme. « Ma mère n'a pas voulu qu'on y touche après sa disparition. Je ne veux pas la revoir, c'est trop pour moi. Enlevez tout ! »

La chambre était celle d'une ado des années quatre-vingt. Un futon deux places était posé à même le sol. Balavoine et Bowie se disputaient les murs, dont les couleurs avaient passé avec les années. Le tapis violet était mité par endroits, une table avec des tréteaux servait de bureau, la petite commode laquée rouge avait été achetée chez Habitat – j'avais eu la même. Des CD étaient rangés sur une étagère. Il y avait une guitare, un pantalon en cuir noir sur un valet, des voilages blancs à la fenêtre. La couche de poussière conférait à la pièce une atmosphère sépulcrale. Elle sentait la friperie, le renfermé. On aurait dit un décor de film d'horreur, rassurant en apparence, mais dont le drame se jouait dans l'ombre.

Je ne voulais rien savoir, pas même le prénom de sa sœur. Mes mains tremblaient. Je haïssais Charlotte de m'avoir mise devant ce fait accompli. Dans cette chambre, mes démons m'attendaient. « Je vais chercher des cartons », marmonnai-je à l'adresse de Samuel. « Mais on en a, des cartons. » Je récupérai mon sac dans le salon et dévalai l'escalier. « Izia, vous allez où ? » Samuel criait sur le balcon.

Mes tempes bourdonnaient. Je rentrai chez moi à pied. Je devais retrouver mon calme. Je ne connaissais que trop bien cette angoisse, quand le corps n'est plus que fièvre et secousses. J'étais incapable de vider la chambre de la sœur de Charlotte – fugueuse disparue, morte, je ne voulais pas savoir. Elle me renvoyait en miroir celle de Zoé, où je ne faisais rien d'autre que ce que ses parents endeuillés faisaient dans la chambre de leur fille. Si, comme la mère de Charlotte, j'y laissais les choses en l'état, si je continuais de faire de la chambre de Zoé le cœur battant de mon chagrin et de mes névroses, comment cela finirait-il ? Comme cette pièce morbide, figée par le temps, qui ne disait plus rien de son occupante disparue ?

Dans quelques années, quelqu'un débarrasserait la chambre de ma fille. Il se dirait, comme je me l'étais dit, ou comme Samuel, ou comme n'importe qui d'autre, qu'il faut vraiment être cinglé, malade de

Mon acrobate

douleur, névrosé, pour sauvegarder jusqu'à son dernier souffle la chambre d'un enfant mort.

Je pensai à Étienne, à notre première longue promenade d'amoureux dans Paris, bien des années auparavant. Qu'aurions-nous fait si nous avions su ce que nous réservait l'avenir ? Nous serions-nous quittés le soir même, en nous promettant de ne jamais nous revoir ?

Je regardais passer les bateaux-mouches. Emmitouflés dans leur doudoune, de rares touristes découvraient Paris à travers les vitres. C'était l'un de nos rituels : quand nous rentrions de vacances, fin août, je prenais deux tickets, pour Zoé et moi. Cette balade sur la Seine était notre façon de renouer avec la ville. L'agitation qui gagnait les passagers en vue de la tour Eiffel nous faisait rire. Ils se pressaient contre la rambarde, le monument dans leur dos, prenaient selfie sur selfie. Lorsqu'ils se retournaient pour le regarder enfin, de leurs yeux, il était trop tard. De toute façon, ils n'avaient qu'une hâte : vérifier que la photo était réussie.

Je partageais tant de souvenirs de Paris avec elle. Toutes ces rues, ces stations de métro, ces parcs, ces boutiques me rappelleraient Zoé jusqu'à la fin de mes jours. Il fallait peut-être que je quitte Paris, moi aussi.

PAS LÀ

J'étais lasse. De mon courage inutile, de mes névroses, de mes mensonges, de mes esquives. J'avalai un Atarax et un Lexomil dans un verre de vin rouge et m'allongeai sur

Mon acrobate

le canapé du salon. Mes paupières se fermèrent, emportant avec elles le vélo orange. La sonnette me réveilla, quelques heures plus tard. Je ne bougeai pas, consultai mon portable. Trois messages et dix appels manqués, tous de Samuel. Il attendait devant la porte. Il n'aurait pas sonné comme un forcené s'il n'avait pas pensé que j'étais chez moi. J'écoutai ses messages. Dans le premier, il s'étonnait de mon départ précipité et attendait un signe. Dans le second, il commençait à être inquiet. Il avait débarrassé la chambre. Il trouvait « la Castafiore un peu moins saoulante depuis ». Dans le troisième, il réfléchissait à haute voix, hésitait à passer. « C'est quoi ce délire, Izia ? me demandait-il. Je vous préviens, il est pas question que je me cogne la Castafiore tout seul si vous ne venez pas demain ! » Maintenant, il criait mon prénom à travers la porte. Cinq minutes passèrent. J'entendis s'ouvrir l'ascenseur. Il était reparti. Je me rendormis.

Je lui envoyai un long SMS le lendemain matin, pour lui dire de ne pas s'en faire, mais que je ne mettrais plus les pieds chez Charlotte et que je comptais sur lui pour terminer le travail. Je lui donnai quelques instructions. Pour le reste, je lui expliquerais, plus tard. Il ne répondit pas.

Je me levai et me préparai un café, que je bus, assise par terre, adossée à la porte fermée de la chambre de Zoé. J'essayai de visualiser la pièce vide, telle que nous l'avions trouvée en emménageant. Je n'y arrivais pas.

Jean-Pierre Jacoltin avait glissé un mot sous ma porte. « Chère Izia, un jeune homme est venu vous voir hier soir. Il a longuement sonné à votre porte. Je me suis permis de le surveiller à travers l'œilleton, car il m'inquiétait un peu. Rien de grave, j'espère ?

Mon acrobate

Connaissez-vous cet hurluberlu ? Au fait, le kiosque à journaux sur la place va fermer définitivement le mois prochain, avouez que c'est une bien mauvaise nouvelle. Je suis passé devant la boutique de la Comédie-Française et vous ai rapporté un petit pot de miel. Vous le trouverez sur votre paillasson. Je ne savais pas que des ruches étaient installées sur les toits de la salle Richelieu. On supprime les kiosques à journaux, mais on installe des ruches, allez comprendre… »

Je récupérai le pot de miel et glissai à mon tour un mot sous sa porte. « Bonjour, Jean-Pierre, ne vous inquiétez pas pour moi. Le jeune homme qui est venu hier s'appelle Samuel. Nous travaillons ensemble et j'ai une entière confiance en lui. J'étais chez moi, mais j'avais besoin d'être seule et ne lui ai pas ouvert. Je fais, comment dire… une rechute. Peut-on employer ce mot quand il s'agit de l'âme ? Une rechute de l'âme, oui c'est l'expression qui convient. Merci beaucoup pour le miel. Et désolée de vous avoir inquiété. »

Dans quelques semaines, ce serait Noël. Il faudrait faire face, surmonter cette épreuve. J'avalai mes comprimés, de quoi assommer un bœuf, et me recouchai. Dans mon lit, cette fois.

DU BRUIT DANS LA CUISINE

La nuit était tombée lorsque j'émergeai de mon sommeil de brute. Combien de temps avais-je dormi ? J'avais connu la même sensation des mois durant, après la mort de Zoé : j'avais perdu la notion du jour et de la nuit, des heures qui rythment les journées. Il y avait des bruits de casserole dans la cuisine, des portes de placards s'ouvraient et se refermaient. La radio était allumée. Ma mère. Les médicaments qui traînaient sur la table basse n'avaient pu lui échapper.

« Je t'ai préparé un tajine de poissons, avec un verre de chablis, ça te va ? » À son regard, je compris que j'avais triste mine. Tout m'allait. J'étais contente qu'elle soit là. Depuis que je travaillais de nouveau, elle s'annonçait avant d'entrer chez moi, même si elle avait un double des clés. « J'ai sonné, j'ai frappé, mais tu ne répondais pas, alors je me suis permis. Tu dormais comme une souche. » J'avais faim. Je dévorai. En fumant, elle me regardait. Elle souriait. Ma mère affichait en toutes circonstances un calme qui était pour moi une source d'admiration inépuisable.

« Tu ne manges pas ?

— Si mon chéri, je vais manger, mais il faut que je te dise... je n'ai pas débarqué chez toi par hasard. Ton collègue, Samuel, il est venu me voir en fin d'après-midi, à la boutique. Il était déjà passé à l'heure du déjeuner, mais je n'étais pas là. Il m'a raconté ce qui s'était passé chez votre cliente, je ne me souviens plus de son prénom... Cette chambre, chez ta cliente, c'était trop. Il est inquiet pour toi, il voulait comprendre pourquoi tu es partie sans rien dire. Je pensais qu'il savait pour Zoé. Mais non, n'est-ce pas ? Alors, je lui en ai parlé. J'espère que tu ne m'en veux pas. Il m'a fait de la peine, ton Samuel, et comme tu m'as dit que tu l'aimes bien...

— Tu as bien fait. J'ai essayé de lui parler de Zoé, mais je n'y suis pas arrivée. Les occasions n'ont pas manqué, mais je ne peux pas dire "ma fille est morte". »

Mes larmes noyaient la sauce du poisson. Elle s'est levée, s'est assise à côté de moi, m'a prise dans ses bras. J'ai fermé les yeux et me suis laissé bercer.

« Donne-toi du temps. Et si tu n'es pas assez forte pour parler de Zoé, accepte-le. Sois plus douce avec toi, Izia.

— Qu'est-ce qu'il t'a dit, Samuel, quand il a su ?

— Il m'a regardée comme s'il venait de voir la Vierge. Il m'a saluée, m'a remerciée et il a filé. »

LA CHAMBRE

Les jours suivants, je dessinai, sans relâche. Il était urgent de fixer sur le papier ces lieux qui avaient traversé la vie de Zoé, avant qu'ils se transforment ou disparaissent. Les dessiner, c'était le meilleur prétexte que je pouvais trouver pour avoir le courage d'y retourner. Les photographier ne m'intéressait pas.

Sur le pont Notre-Dame, je dessinai un bateau-mouche, vu du dessus. Des touristes étaient assis sur les sièges en plastique, d'autres debout. Sur un siège, à l'arrière, un ours en peluche, un Winnie l'Ourson, avait été oublié. Il regardait le ciel en souriant.

Je me postai en face de l'école de Zoé, sur le trottoir, à l'heure de la sortie. Mme Rubelian était toujours là, les cheveux un peu plus clairs et courts. Sa nouvelle coupe la rajeunissait. Une mère d'élève s'approcha pour lui parler. Je les dessinai sur fond de hall, avec l'escalier et sa rampe en bois. Il me restait quelques minutes avant que les enfants dévalent les marches en ordre dispersé et se mêlent aux élèves des deux classes du rez-de-chaussée. Je dessinai les portemanteaux, les vêtements accrochés, les écharpes et les bonnets des petits. Je faillis renoncer, tant c'était éprouvant. Sur l'un d'eux, j'ajoutai une veste rouge. Celle de Zoé. Je faisais vite. Je ne regardais pas autour de moi, de peur de reconnaître un parent. Je m'éclipsai dès que j'entendis la sonnerie retentir.

Puis la pluie me confina chez moi. J'étudiai mes dessins. Mon trait avait changé. Il était plus léger, plus doux qu'autrefois. J'appuyais moins fort sur la feuille. J'aurais été incapable de dessiner comme avant, même si je l'avais voulu. Il y avait là, je suppose, un message émis de manière inconsciente : « Je ne fais que passer. »

Les sœurs s'invitèrent chez moi, pour faire des confitures de clémentines et des crêpes. Je leur montrai mes dessins. Anne les scruta avec attention. Elle ne dit rien. Elle les reposa et s'enferma dans les toilettes. J'aurais préféré qu'elle pleure devant nous. Lorsqu'elle revint, nous fîmes comme si de rien n'était.

Zoé adorait les vieilles balançoires du parc Monceau. Je voulais en saisir le mouvement, devant le kiosque à bonbons et à babioles. Cette fois, impossible d'éviter les enfants. Cela ne me fit rien. C'est Zoé que je voyais et que je dessinais, ravie, les bras écartés, le visage tourné vers les nuages. C'est elle que j'entendais, riant à gorge déployée.

Au square des Batignolles, je dessinai le carrousel. Zoé hésitait entre le cygne et l'avion. Ces deux-là lui parlaient, me soutenait-elle, pas les autres. Ce dessin devait être très gai. Tous les sièges étaient occupés par des enfants. Autour du cou du cygne, j'attachai le foulard orange et bleu de Zoé.

Mon acrobate

Je sortis des pastels de son bureau et m'installai par terre, le dos contre son lit. C'était la première fois depuis sa mort que j'utilisais une chose qui lui avait appartenu. J'allais user ses crayons, peut-être en abîmer un. Et alors ? Qu'est-ce que ça changerait ?

Je dessinai sa chambre. Son bureau avec sa lampe, son pot à crayons, ses *Picsou Magazine*, le tiroir du dessus ouvert avec son bazar, ses Post-it, son rouleau de scotch, sa petite agrafeuse, ses bouts de gomme, le coin fenêtre avec la vue sur les immeubles voisins, les rideaux aux koalas et le poster de Nadia Comaneci flirtant avec la poutre – question de perspectives, sur le dessin, la gymnaste semble prendre son élan, prête à sauter par la fenêtre. C'est le coin bibliothèque qui prit le plus de temps. Je reproduisis avec minutie les dos des livres, leurs titres, les logos des maisons d'édition. Sous les étagères étaient rangés ses puzzles, ses boîtes de perles, le robot blanc, emprisonné dans sa boule à neige. Sur son lit, de profil, Winnie regardait en direction de la porte.

Je me levai et dessinai une dernière fois sa chambre, de plus loin, telle que je la voyais de l'entrée de l'appartement. De là où je me trouvais, une partie du mur de droite n'était pas visible. Des années plus tard, lorsque je regarderais ce dessin, je me figurerais que Zoé se tenait là, cachée derrière la porte.

La semaine suivante, je refusai deux clients. Samuel pouvait se charger de l'un d'eux. Je lui laissai un message et les coordonnées. Il ne me rappela pas.

Mon acrobate

ÉCLAIRCIES

Quinze jours passèrent, semblables les uns aux autres. Je peaufinai mes dessins, m'attachant au moindre détail. Je dormais beaucoup. Je laissais d'autres messages à Samuel. Pourquoi ne voulait-il plus me parler ? La question commençait à m'obséder. Un soir, je le prévins que j'allais débarquer chez lui, le lendemain, dans la matinée.

Je n'avais pas le code d'entrée de son immeuble. Je n'attendis pas plus de trois minutes avant de m'y engouffrer derrière un jeune homme pressé. Je sonnai à l'interphone. Cahen. Une femme me répondit. Elle m'attendait. « Bonjour, vous êtes Izia, c'est bien ça ? Deuxième étage droite. » Samuel avait les yeux de sa mère. Elle m'invita à la suivre dans le salon, à prendre place sur le canapé. Vous voulez un thé ? J'acceptai, alors que je n'aime pas le thé. « Ce n'est pas l'idée que je me faisais de vous. Mais alors pas du tout. Je vous imaginais petite et brune, allez savoir pourquoi », me dit-elle en souriant. Elle se dirigea vers la cuisine.

À l'évidence, Samuel n'était pas là. « Je suis heureuse de vous connaître. » Elle s'assit sur une chaise, face à moi, me sourit. Le salon n'était pas grand, la cuisine encore moins, mais l'appartement était plaisant. Surtout, il était joyeux. Un mur était peint en jaune curry, des guirlandes de lumières colorées couraient le long des étagères, le canapé au cuir usé accueillait des coussins aux imprimés fleuris, sous deux portraits de Frida Kahlo.

« Je voulais parler à Samuel. Pardon de vous déranger, mais il ne répond pas à mes messages et...

— Mon fils est une tête de mule, vous savez. Quand il a eu votre message, il a enfilé son blouson, pas moyen de le retenir. Je suis désolée... »

La situation était ridicule. J'étais assise dans le salon des parents de Samuel, présentant mes excuses pour le dérangement à sa mère, qui me présentait les siennes pour l'absence de son fils. J'aurais voulu m'expliquer avec lui. J'étais terriblement frustrée. Il occupait une place particulière dans ma vie. Sa façon de parler, sa jeunesse, ses colères, son obsession des odeurs... Il m'avait donné un nouvel élan. Le matin, j'étais contente de le retrouver. La perspective d'une journée à son côté me faisait du bien. Nous nous étions attachés l'un à l'autre. Bon an mal an, une vraie amitié était née, malgré ce que je lui avais caché, malgré la différence d'âge, nos rapports professionnels et l'inévitable hiérarchie. Sans lui, et sans qu'il le sache, je n'aurais pas fait tout ce chemin. Il était cahoteux, ingrat, ce chemin, mais il s'ouvrait devant moi, en grande partie grâce à Samuel. Il avait réussi à me faire rire, il me faisait confiance, respectait mes absences, mes silences. Il me regardait avec franchise et curiosité.

« C'est moi qui suis désolée. Dites-le-lui, s'il vous plaît.

— Il m'a raconté, dans les grandes lignes. Je ne veux pas parler à sa place, mais j'espère que vous arriverez à en discuter avec lui, car il vous estime beaucoup.

Mon acrobate

— Tout ce que je veux, c'est qu'il sache bien que ce n'est pas contre lui que j'ai agi ainsi.

— Il est fâché, je ne comprends pas pourquoi. Tout cela doit avoir un rapport avec son frère. Il compare des situations qui ne sont pas comparables. Sam est têtu, pas toujours pour le meilleur. »

J'étais contente que sa mère me dise que travailler avec moi avait transformé Samuel. Il avait gagné en assurance et se projetait enfin dans l'avenir. Elle fut contente d'apprendre qu'il parlait souvent d'elle et vantait ses qualités. « J'aurais aimé rattraper le temps perdu, faire avec lui tout ce que je n'ai pas pu faire avant... Mais je me suis fait une raison. Il est trop tard. Les enfants grandissent trop vite. »

Cette phrase-là me fit du mal. La mère de « Sam » se rattrapa sur le palier : « Il y a des éclaircies, vous verrez. »

ÉTIENNE

Je ne pensais qu'à ça dans l'aube naissante, marcher vite pour oublier que c'était Noël, pour que les souvenirs refluent. Avant aussi, pour ce jour pas comme les autres, je me levais très tôt. Il fallait tout préparer. Zoé était surexcitée. Elle guettait le bruit de mes pas, bondissait hors de sa chambre dès qu'elle m'entendait.

Izia et les sœurs m'avaient réconcilié avec les fêtes. J'aimais les écouter discuter, les semaines précédant l'événement, du menu, de la liste des courses, des amis à inviter, des cadeaux à prévoir, du choix de l'endroit, Paris ou Balazuc... Moi qui intellectualisais et analysais à longueur d'année, je plongeais avec bonheur dans ce bain de futilité. Tous ces cadeaux pour Zoé, c'était de la folie. En les découvrant, Izia faisait mine de râler – « Je ne savais pas qu'on attendait une colonie. » Pour mon père, Noël, c'était « de la merde, une fête pour les gogos ». C'est pour cette raison que je trouvais cela très bien que ma fille passe des heures à ouvrir ses paquets. Qu'elle ait des Noël exceptionnels, qu'elle soit trop gâtée.

Pour ce qui était d'oublier Noël et Zoé, je pouvais dire que c'était raté.

Au cœur de la plaine, je mettais mes pas dans ceux de Denis. J'aimais le crissement de la neige. Le froid ne lâchait pas prise. Il me rappelait ces colonies de vacances où je partais sans mes frères, en février. Quand Denis parlait, c'était pour dire le Vercors, la météo, les loups, les chamois et les mouflons. Il m'apprenait à lire les empreintes, à écouter les oiseaux, les ciels dont il faut se méfier. Sinon, il se taisait. C'était la deuxième fois qu'il m'emmenait, fin décembre. Que je disparaissais en pleine nature, que je m'immergeais dans ce monde inconnu.

Quand nous coupions à travers la forêt, le froid était encore plus vif. Moi aussi, je parlais peu, nous étions faits pour nous entendre. Nous débouchions sur un vaste plateau. C'était là, après deux jours de route, que nous tombions sur les premières empreintes de loups. La meute était partie sur la droite. Elle avait dû contourner la falaise. « Si ça se trouve, ils nous regardent », disait Denis qui riait, les yeux au loin.

La première fois que j'ai entendu un loup hurler, à une cinquantaine de mètres derrière moi, j'ai chialé. J'ai compris pourquoi j'avais fait tout ce chemin, pour cette plainte lugubre, la plus belle et la plus glaçante qui soit.

Denis m'aidait à distinguer entre les empreintes des femelles et celles des mâles et des jeunes adultes. Il me parlait de la hiérarchie au sein de la meute, m'expliquait que, toute sa vie, le loup alterne entre solitude et vie en communauté. Assis derrière un rocher, je faisais le guet, dans l'espoir d'apercevoir un loup, un renard ou un cerf. J'apprenais la patience. J'attendais. L'animal sauvage et ma femme adorée.

Mon acrobate

Le soir, au refuge, je me disais que Zoé aurait aimé par-dessus tout nous accompagner. Je culpabilisais. Pourquoi n'avais-je pas partagé cette aventure avec elle ? La prochaine fois, quand je prendrai la fuite, je choisirai un endroit que ma fille aurait détesté, me disais-je. Mais où ?

TELLEMENT SEULE

Un matin, l'ascenseur s'arrêta sur mon palier. Ce n'était pas le voisin, il aurait fait tinter ses clés, sa porte aurait raclé contre le parquet. Je posai mon oreille contre la porte. Quelqu'un faisait les cent pas. J'ouvris. Il n'y avait personne. L'ascenseur était bien là. Je regardai par la fenêtre, ne vis rien. Ce ne pouvait être que lui. Samuel.

Il m'appela en début d'après-midi. J'étais heureuse de l'entendre, je le lui dis. Il m'attendait au café, en bas de chez moi, si je voulais bien. Je m'habillai en hâte, sans bien savoir ce que j'allais lui raconter. Il était installé à la même table que le jour où nous avions fait connaissance. Il fuyait mon regard. C'était le Samuel des mauvais jours. Il avait les sourcils froncés, se mordait la lèvre inférieure, sa jambe droite tressautait sous la table. Je commençai à parler, mais il m'interrompit : « Ne dites rien, Izia, sinon je n'y arriverai pas. Voilà... depuis le début, je sais qu'il y a un truc de différent, chez vous. Vous êtes, comment dire... sombre, voilà, c'est ça, sombre, c'est comme ça qu'on dit ? Et tellement seule. C'est impossible de vous atteindre, vous avez une carapace. J'ai bien vu que votre attitude changeait dès que les gens vous posaient des questions perso, on aurait dit un hérisson, tous les pics dressés, la tête rentrée. Mais moi, je pensais que je n'étais pas "les gens", même si ça m'a choqué, franchement, le jour où vous ne m'avez pas laissé entrer chez vous. Vous m'avez quasi claqué la porte au nez. Vous êtes ma boss, c'est vrai, mais quand même, moi je vous ai dit plein de trucs. Vous, que dalle. Pire que ça, vous m'avez menti. Vous croyez que ça a été facile de vous parler de mon frère, des rapports avec ma famille ? Que j'en parle à n'importe qui, sans problème, à tout bout de champ ? Les morts, il faut pas les cacher, les garder pour soi. Chez moi, c'est pareil, on ne parle pas de Julien. Vous ne m'avez pas fait confiance et c'est nul. Voilà, c'est ça que je voulais vous dire.

— Tu as raison. Mais tu te trompes, sur deux choses. Un, je sais que ça n'a pas été facile de me parler de ton frère, j'ai bien conscience de l'effort que cela t'a demandé. C'était dans le Kangoo, notre premier sandwich ensemble. J'ai failli te dire pour ma fille, ce jour-là, et puis j'ai manqué de courage. Deux, j'ai confiance en toi. Je t'ai menti, mais cela n'a rien à voir avec toi. Et ça ne change rien à notre relation.

— Ça change tout ! Depuis que votre mère m'a dit ce qui vous est arrivé, je ne vous vois plus pareil. Vous n'êtes plus la même Izia.

— Exactement. C'est ce que je voulais éviter. Que tu aies pitié de "la mère qui a perdu son enfant".

— Alors là, vous vous fourrez le doigt dans l'œil ! Je n'ai pas pitié. Pour moi, vous ne serez jamais la mère qui a perdu son enfant. Mais ça fait partie de vous et c'est du lourd. Vous donnez que des miettes. C'est pas honnête.

— Ne me donne pas de leçons d'honnêteté, Samuel, je fais ce que je peux.

Mon acrobate

— Je comprends mieux, maintenant, pourquoi vous faites ces déménagements hyper-chelous. Attention, je critique pas. Si vous recommencez à travailler demain, moi, je vous suis.

— Tu n'es plus fâché ? »

Il me regarda, indéchiffrable.

« Je l'ai saumâtre, quand même. Je sais bien qu'on n'a pas le même âge et des rapports de boulot, mais je pensais qu'on était un peu amis, voyez. Quand j'ai appris, je me suis dit que vous me preniez pour une sous-merde.

— Tu as tort. Tu n'es pas visé. Laisse-moi parler, OK ? Même si je pleure et que j'aie du mal à poursuivre. »

Je lui dis l'accident, François Descampier, qui était probablement déjà sorti de prison, la dépression, mes envies de mourir, le départ d'Étienne, la chambre de Zoé, mon refuge, mon havre de paix ou de douleur, je ne savais plus. Pour finir, je lui montrai une photo d'elle sur mon portable. Et là, je lui racontai Zoé, dans le désordre. La papalosophie, son rapport aux objets, ses problèmes scolaires, qu'elle voulait devenir une grande gymnaste, son incapacité à rester seule, son premier mot, « mamie », ses bouderies, les labyrinthes, son énergie débordante, son refus de manger des animaux, si jeune, les sœurs, pourquoi, avec Étienne, nous n'avions fait qu'un enfant…

Tout ça d'une traite. Je ne pleurai pas.

« C'est pour ça que vous vous êtes enfuie, chez la Castafiore ? Parce que vous aussi vous gardez la chambre de votre fille comme si elle était encore là ?

— Oui. Enfin, presque…

— C'est exactement pareil, c'est pour ça que vous avez fait ces yeux de dingue, j'en suis sûr. Qu'est-ce que ça vous apporte ? Vous vous faites du mal. Votre fille, elle n'est pas dans cette chambre, elle est là. »

Il tapait fort, avec son poing, contre son cœur.

« C'est trop difficile. Ce serait comme de la tuer une deuxième fois.

— Avec mes parents, on a vidé la chambre de Julien, tous les trois, je m'en souviens comme si c'était hier tellement c'était dur. Il reste juste ses étagères de livres. Mes parents, ils l'ont débarrassée pour moi. Autrement, je suis sûr qu'ils auraient tout gardé. Quand ça a été fini, on s'est sentis mieux. On était malheureux et soulagés à la fois, je ne sais pas comment expliquer ça. On avait le même feeling. Ma mère, des fois, elle va en cachette à la cave, et elle ouvre les cartons pour revoir ses affaires. Faut vider sa chambre, Izia. »

Je lui répondis que j'étais contente de le voir. « Vous avez l'art de détourner la conversation quand ça vous arrange, hein. » Il me raconta le petit déménagement qu'il avait fait sans moi, et sa matinée au salon des étudiants, avec son père. Il y avait découvert qu'il pouvait devenir nez, en passant par un BTS ou une licence de chimie. Au lycée, la chimie, il était plutôt bon. Les écoles coûtaient cher et il préférait la fac. Il me remercia. Sans moi, il ne se serait probablement pas intéressé à cette filière.

« Mes parents ont gagné ! « Il rigolait. » Je vais rester dans le coin. Si je trouve un job en plus de mes études, ils sont prêts à m'aider à payer un loyer. Avec les APL, ça devrait le faire. Mes potes, ils se foutent de ma gueule. Vous en pensez quoi ?

Mon acrobate

— Que du bien. Peut-être as-tu trouvé ta voie. Grâce à ton père, surtout. Ils t'ont dit que tu allais devoir arrêter de fumer ? »

Il y avait peu de chances que je revienne aux déménagements. « Je dois prendre mes distances avec les morts. » Et s'il continuait sans moi ? « Pourquoi pas ? Ça se tente.

— Si ça se trouve, je vais te retrouver chez Louis Malle ou chez Guerlain. Tu imagines ?

— Si vous faites plus les déménagements, il se passe quoi ? On se voit plus ? »

Je lui promis que nous nous reverrions très vite.

« C'est pas mes oignons, grogna-t-il en partant, mais le mieux, ce serait que vous vous trouviez un autre appartement. »

ÉTIENNE

Cela faisait longtemps que je n'avais pas prêté attention à mon corps. Il avait changé. À Paris, je me plaignais de mes kilos en trop, mais je les avais perdus, à force de me nourrir de bouillons dans ma bergerie. J'avais vieilli, aussi. Tout compte fait, ce léger surpoids ne cachait-il pas les méfaits de l'âge ? Ne les rendait-il pas plus avenants ? Ma peau était terne, un peu flasque, surtout dans le bas du ventre, mon cou commençait à faire des plis, quant à mes pieds, on aurait dit qu'ils étaient emballés dans du papier à cigarettes.

Quand je boxais, je sentais bien que, maintenant, je me ménageais. Je pensais au lendemain, aux courbatures, aux crispations, aux blessures. Ce que j'infligeais à mon corps n'était plus de mon âge. Je voulais vieillir avec Izia.

NOËL

J'entendais Samuel, le voyais se frapper la poitrine : « Votre fille, elle est là ! » Il avait raison. Si j'avais une seule certitude, c'était que pas un jour ne passerait, jusqu'au dernier, sans que je pense à Zoé. Pour préserver sa chambre, ce concentré de sa si courte vie, je m'étais faite prisonnière. J'y déposais ma douleur et je la nourrissais. Mais quel sens avait-elle aujourd'hui, avec ces objets qui ne servaient à personne, ces murs qui ne témoignaient plus de rien ? Aucun. Les objets ont une âme, pensait Zoé. Je croyais décidément le contraire. Il fallait quelqu'un pour leur insuffler de la vie.

Moi aussi, j'aurais pu me frapper la poitrine, puisque ma fille vivait dans chaque repli de ma chair.

Je laissai Noël derrière moi. Le 24, je passai la soirée seule. Le 25, j'acceptai l'invitation de Juliette, avec les sœurs. Nous fîmes comme s'il s'agissait d'un repas comme un autre. Il n'y eut pas de sapin, pas de cadeaux, et c'était bien ainsi. À l'heure de partir, les bras chargés de provisions, je leur dis que, pour la première fois, j'avais moins prêté attention aux décorations de Noël dans les rues, dans les vitrines. « J'ai regardé, je suis passée devant, comme si ça ne me concernait pas. Vous comprenez ? » C'est Anne qui réagit : « Figure-toi qu'on s'est fait la même réflexion, avec Juliette, alors oui, on te comprend, mon petit chat. »

Mon acrobate

LA CHAMBRE

Quelques jours plus tard, j'appelai Samuel. Il décrocha à la première sonnerie. « J'ai besoin d'aide. » « J'arrive ! » Il avait raccroché avant que j'aie pu lui expliquer. Je m'étais endormie dans le canapé du salon lorsqu'il sonna à la porte. Il affichait un large sourire. Nous nous installâmes dans la cuisine. Je lui fis un thé. Il attendait que je parle. « Je voudrais que tu m'aides à vider la chambre de ma fille. J'ai une cave où je peux tout entreposer. Je ne veux rien jeter, même ses draps, il faudra les mettre dans un carton. Si je vois que c'est trop dur, on arrêtera et on remettra tout à sa place, d'accord ? Tu n'insisteras pas. » Il partit chercher des cartons que nous stockions dans la voiture.
Je lui fis visiter l'appartement et terminai par la chambre de Zoé. Il n'osait pas entrer. Il resta d'abord sur le palier. Son émotion était palpable. Je portai Winnie et le sac de sport de Zoé dans ma chambre. Nous commençâmes par son bureau. Nous procédions au ralenti, rangions les affaires de Zoé dans les cartons avec délicatesse. Pour une raison inconnue, nous nous exprimions à voix basse, comme si un enfant dormait tout près et que nous fassions attention à ne pas le réveiller. Samuel me surveillait du coin de l'œil. Il attendait mon « stop ! », qui ne vint pas. J'étais en train de vider la chambre de Zoé. C'était irréel. La femme qui l'avait décidé n'était

pas – ou plus – tout à fait moi. Cette Izia-là se comportait avec trop de légèreté, ne mesurait pas les conséquences de son acte. Son cœur allait s'arrêter de battre, le sol se dérober sous ses pieds. La pièce était sens dessus dessous. J'attendais la tempête. Elle ne souffla pas.

Je tenais à ce qu'il ne reste rien. Même son lit descendait à la cave. Samuel dévissa les pieds, démonta le sommier. Ce fut le moment le plus terrible.

Samuel ne connaissait pas Nadia Comaneci. À l'heure du déjeuner, devant un couscous que je commandai en bas de chez moi, il regarda des vidéos de la petite gymnaste, en Norvège, à Montréal… Sans moi.

À chaque aller-retour à la cave, je songeais à mon voisin, qui suivait nos allées et venues dans son œilleton. Je sonnai à sa porte, mais il n'ouvrit pas.

Nous terminâmes tard. J'emmenai Samuel dîner rue de Rome, dans un bistrot que je connaissais. Comment je me sentais ? « La même qu'avant. Ce que je redoutais n'a pas eu lieu. Je n'ai pas le sentiment d'avoir trahi Zoé. Mais j'ai triché, je n'ai rien jeté. J'ai sauté le pas avec toi, qui ne l'as pas connue, qui n'avais aucune raison d'être blessé par l'épreuve. C'est important, même si je ne sais pas très bien pourquoi. Je suis soulagée de l'avoir fait avec toi, c'est tout. »

Sur le trottoir, au moment où je lui passais les clés du Kangoo, il eut cette phrase : « Ça sentait la vanille, dans sa chambre. »

Rentrée chez moi, je me précipitai dans la chambre. C'était une pièce vide, désormais, dont l'âme s'était évaporée, des microparticules invisibles à l'œil nu, que nous avions Samuel et moi délogées et qui reposaient maintenant ailleurs, éparpillées dans tout l'appartement, ou enfuies par la fenêtre. Je posai mes paumes et mon front contre le mur. J'appelai Zoé à voix haute, sur le même ton que celui que j'employais quand je l'attendais, prête à partir, et qu'elle tardait à me rejoindre. Dans la pièce nue, ma voix porta différemment. Elle sonnait faux. Seul le silence me répondit. Je ramassai un papier de bonbon qui traînait par terre, le bouchon d'un stylo, un bout de craie. Le poster de Nadia Comaneci et mon dessin avaient laissé des traces plus sombres sur les murs, les pieds du lit et du bureau des marques rondes sur le parquet. Je levai la tête. Je regardai les étoiles au plafond. Elles étaient saines et sauves.

Je refermai la porte derrière moi.

NEIGE

La chambre de Zoé n'existait plus. Mon appartement était comme amputé. Je passais mes après-midi dans le bureau d'Étienne, où, depuis la mort de Zoé, j'entrais rarement. Le premier jour, je posai mon pied à l'emplacement exact, à trente centimètres à gauche de sa chaise, où Étienne s'était effondré. Puis moi. Depuis quelques jours, je prenais plaisir à relire des romans. Je m'allongeais sur le vieux divan d'Étienne, étroit et inconfortable, où, avant, j'aimais déjà me poser pendant qu'il travaillait. Nous y avions beaucoup fait l'amour.

Cette nuit-là, je m'endormis dans son bureau. La notification d'un nouveau mail sur mon portable me réveilla. C'était lui. Il me parlait de la neige, tombée sur la bergerie. Les flocons denses avaient tout recouvert

Mon acrobate

en quelques heures, fait disparaître les couleurs, les contrastes, les ombres, les frontières entre la terre et le ciel. Le paysage était majestueux. « N'importe où dans le monde, dans n'importe quel contexte, la neige me fait penser à toi, à nous, à notre première promenade dans Paris. Je n'en revenais pas de t'avoir rencontrée, de marcher à ton côté. Les heures passaient, merveilleuses. Ces mots que je prononçais tout bas, seulement pour moi, que je me répétais en boucle, "c'est elle, je sais que c'est elle". Il fallait que j'entende ma voix, tu comprends, pour être certain que je ne rêvais pas. »

Il m'aurait voulue près de lui. Marcher avec moi dans cette atmosphère lunaire. Ensuite, nous nous serions blottis sous des couvertures, sur le tapis, près du poêle, écrivait-il. « Je t'aurais serrée dans mes bras pour que tu cesses de trembler de froid. »

La mort de Zoé nous avait désunis. Était-ce la preuve que notre amour n'était pas si fort que nous le pensions ? S'il l'avait été, nous nous serions soutenus. Le drame nous aurait soudés davantage. Dans l'épreuve, nous n'avions pas été à la hauteur. J'y croyais de moins en moins. Nous avions traversé l'enfer par des chemins différents, c'était tout. Une partie de nous avait disparu avec Zoé. Étienne et moi n'étions plus les mêmes. Le cauchemar se rappellerait à nous souvent, de cela j'étais certaine. Que restait-il de moi ? Que restait-il de lui ? Que restait-il de nous deux ? Un trésor perdu et deux amoureux.

Je ne pouvais plus ignorer l'amour indéfectible, dont j'admirais la force et l'aplomb, que me portait Étienne. Mon homme merveilleux, mon grand blessé, mon aimé.

Je me levai. Je jetai des vêtements dans une valise. J'écrivis un mot à Jean-Pierre Jacoltin.

« Cher Jean-Pierre,
Il est 4 heures du matin, je vous écris parce que je quitte Paris. Je vais retrouver Étienne. Je ne reviendrai pas, quoi qu'il arrive. C'est un arrachement, un saut dans le vide dont vous n'avez même pas idée, mais que je dois accomplir. Je suis à la fin de quelque chose et je n'ai pas le choix. C'est bizarre, n'est-ce pas, de parler d'arrachement, de saut dans le vide alors que je rejoins mon compagnon. Et pourtant... c'est bien ça.
Je vous remercie de votre extrême gentillesse, votre vigilance. Je ne vous ai jamais dit à quel point vos petits mots me touchaient. Combien votre présence discrète et attentive me rassurait. Zoé vous aimait beaucoup, elle aussi.
Je vous donne des nouvelles, très vite.
Izia. »

Je commandai un taxi, bus un café, fis une dernière fois le tour de mon appartement. J'enfilai des bottes et mon manteau. Je fermai la porte à clé, appelai l'ascenseur, glissai l'enveloppe sous la porte de mon voisin. La voiture était là. Sur le trajet pour la gare de Lyon, j'achetai un billet destination Marseille. Le premier train partait à 6 heures. Je m'installai dans un bistrot en attendant. J'appelai Samuel du train, pour lui annoncer mon départ et discuter des modalités de mon déménagement. Je voulais qu'il s'en charge. Tous mes cartons seraient

Mon acrobate

stockés dans un garde-meubles que nous connaissions. Je lui fis la liste de ce qu'il devrait m'envoyer, plus tard. Il pouvait garder le Kangoo, ou le vendre, il était à lui, la carte grise était sur la console. Nous avions de longues années d'amitié devant nous. Je lui assurai que nous nous reverrions bientôt, probablement pas à Paris. Qu'il allait me manquer. « Faut pas exagérer ! » Sa voix tremblait, avant de raccrocher. Je posai mon front contre la vitre glaciale. J'étais très fatiguée.

À Marseille Saint-Charles, je montai dans un autre taxi. Tout était bien.

ÉTIENNE

Depuis que j'étais revenu du Vercors, je rêvais de loups et de forêts en feu. Mais ce matin-là, c'est le froid qui me réveilla. Les yeux à peine ouverts, j'eus envie d'un café. Rien de mieux pour me donner un coup de fouet que le contraste entre le mug auquel je réchauffais mes mains et la température extérieure. J'ouvris la porte, posai ma tasse sur une pierre et allai chercher une pelle pour briser la glace devant la porte. Un magnifique halo laiteux baignait les collines. Le breuvage me brûla le palais.

Je crus entendre le bruit d'une portière de voiture. Puis d'une deuxième. Ceux qui arrivaient ainsi par la route des Tonnelles ne connaissaient pas le coin. Il suffit de longer la rivière, un peu plus loin, et de prendre le chemin qui traverse la pinède pour aller plus haut. Je montai les marches derrière la maison. De là, le regard plonge dans la vallée. Je pouvais suivre la route, qui y trace son sillon. Chaque fois, je me disais qu'Izia aimerait cette vue, minimaliste et graphique, qu'elle la dessinerait sans doute.

Je devinai une silhouette, long manteau noir et bonnet rouge. Je les reconnus, ces habits. Je manquai de défaillir. La silhouette se dirigeait vers chez moi. Elle était encore loin, le pas était hésitant, irrégulier, mais lui aussi je le reconnus. Il y eut le bruit anachronique

Mon acrobate

d'une valise, qui roule sur les cailloux. Il troua le silence glacé de l'aube.

Je n'attendais qu'elle depuis des mois, j'aurais dû aller à sa rencontre, l'aider à porter ses bagages. Pourtant, je restais cloué sur place. Tout allait trop vite. J'étais transporté des années en arrière. On dit qu'avant la mort la vie défile. C'est ce qui était en train de m'arriver. J'allais crever ici. À peine arrivée, Izia me découvrirait, là, mort sur le pas de la porte. Non, non, ce n'était pas ça, c'était même tout le contraire. Une force de vie, qui m'emportait. Dans quelques minutes, nous nous retrouverions. Avant, il me fallait revenir sur ces années que nous avions vécues ensemble. Je n'avais pas le choix. C'était tordu, mais je savais que je devais arriver à rappeler et mettre de côté notre passé commun pour lui dire adieu. Pour mieux aimer Izia aujourd'hui, maintenant, autrement. Pour nous laisser une chance.

Des flashs, des images, en couleur ou en noir et blanc, défilaient devant mes yeux, une fois, une seule, je ne les retenais pas. J'étais pris dans un puissant tourbillon. Il m'enveloppait, m'emprisonnait, m'essorait.

Izia sous le grand ciel de Paris, allongée sur mon divan, dans mon bureau, son rire de gamine et ses longues jambes, des années à nous aimer, à nous engueuler, un peu, ses peurs irrationnelles, nos lundis sous les draps, son enfance que j'enviais, ses dessins qui me fascinaient, son talent qu'elle gâchait. Izia habillée en star de cinéma sur les marches de l'opéra, dans une robe moulante à paillettes bleues, ses émouvants cernes de fatigue, son crawl magnifique, aux gestes élancés et assurés, ses grains de beauté et ses

Mon acrobate

taches de rousseur, dont je connaissais la carte sur le bout de mes doigts, sa peau, ce territoire que je parcourais les yeux fermés, son impatience, son regard posé sur moi, admiratif, moqueur ou amoureux, sa famille qui était devenue la mienne, les tendres liens, indéfectibles, qui unissaient Izia aux trois sœurs. L'arrivée de Zoé dans notre vie et cette nouvelle Izia qui naquit là, elle aussi. Zoé, mon bébé tout rond qui dormait au creux de mon bras, sa bouche qui tétait le vide, ses boucles brunes dans lesquelles j'aimais tant passer la main, ma crainte, les premiers temps, de ne pas savoir l'aimer. Zoé debout, sur son lit, bras tendus vers moi, l'air de dire « mais, sors-moi de là, si tu savais comme je m'embête toute seule ! », son premier mot, « mamie », pas maman, pas papa, non, « mamie », nous étions tellement vexés, ses roues dans le couloir, ses poiriers contre le mur, son insupportable manie de grimper partout, ses bras autour de mon cou, ses questions et mes réponses, que je révisais quelques jours plus tard, « j'ai réfléchi à ce que je t'ai dit et... ». Son cercueil, si léger, que j'ai porté avec Philippe, mon ami, ces hurlements de bête qu'on égorge, ceux d'Izia, à la sortie de la morgue. La bouche de Zoé, barbouillée de chocolat, son air désolé quand elle découvrit qu'au zoo les animaux sont en cage. Zoé assise dans sa poussette, sa façon bien à elle de détourner la tête et de croiser les bras quand elle boudait ou refusait de regarder, ses siestes à Balazuc, dans le hamac qui se balançait, moi montant la garde, tout près, sa petite main qui pendait dans le vide et que je ne pouvais m'empêcher de caresser du bout des doigts, de peur de la réveiller.

Mon acrobate

Mon sentiment de fierté, souverain, qui ne connut pas la moindre défaillance en huit ans, pas même une infime altération, d'être le père de cette merveilleuse enfant.
Je pleurai. De tristesse. De joie.
La voilà, elle était là. Izia !

REMERCIEMENTS

C'est à lui que je remets mon manuscrit en premier. J'attends toujours avec impatience, fébrilité, ses remarques et ses corrections. Merci Éric.

Merci à Jean-Christophe Hannoteau, qui sait ce que je pense de la peine infligée à François Descampier.

Merci à toutes les équipes de Calmann-Lévy et particulièrement à Caroline Lépée, mon éditrice.

Enfin, je tiens à exprimer ma reconnaissance à Guillaume Müller-Labé, correcteur.

Photocomposition PCA
Achevé d'imprimer sur Roto-Page en août 2022
par l'Imprimerie Floch
53101 Mayenne
pour le compte des éditions Calmann-Lévy
21, rue du Montparnasse 75006 Paris

CALMANN
  LÉVY s'engage
pour l'environnement en réduisant
l'empreinte carbone de ses livres.
Celle de cet exemplaire est de :
650 g éq. CO₂
Rendez-vous sur
www.calmann-levy-durable.fr

PAPIER À BASE DE
FIBRES CERTIFIÉES

N° d'éditeur : 1853037/01
N° d'imprimeur : 100754
Dépôt légal : août 2022
Imprimé en France